狗狗巴黎

[日]吉田熊猫 著
英尔岛 译

INU PARIS
BY PANDA YOSHIDA
Copyright©2017 PANDA YOSHIDA
Original Japanese edition published by CCC Media House Co., Ltd.
Chinese (in simplified character only) translation rights
arranged with CCC Media House Co., Ltd. through Bardon-Chinese Media Agency, Taipei.

ALL RIGHTS RESERVED

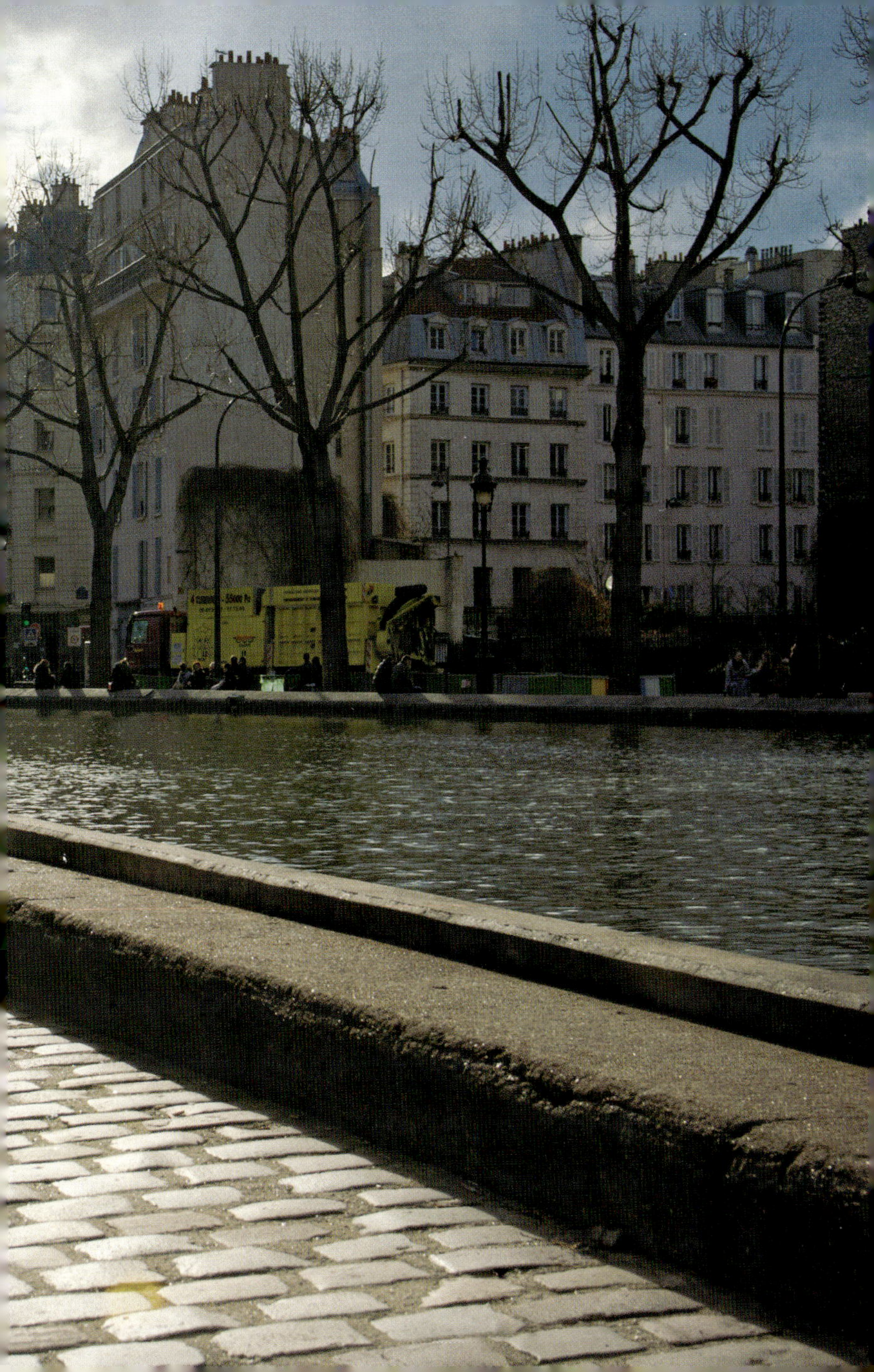

INTRODUCTION
写在前面的话

Bonjour. 感谢你在茫茫书海中选择了这本书。正如书名所指,《狗狗巴黎》是一部介绍生活在巴黎的狗狗们的作品。我自2008年起在 *FIGARO japon*（フィガロジャポン，费加罗日本）[1] 网页版上连载博客，被问及"不妨把巴黎篇编辑成册吧"，我便屁颠儿屁颠儿地摇着短短的尾巴答应了这个企划。

言归正传，"巴黎即狗狗"这句话应该是波德莱尔的名言吧……（←怎么可能）但无论如何，在巴黎不胜枚举的魅力中，"狗狗"这一选项绝对名列前茅（根据吉田熊猫的调查结果，2017年）。我敢说，用"自然不造作"一词来形容狗狗应该算是相当贴切。它们并不是穿在漂亮衣装里的吉祥物，毛也都被修剪得乱蓬蓬的。白色㹴犬都会变身为拖把，贵宾犬总是一副肉嘟嘟的样子。"胖点也没什么不好嘛，毛发花白也好，长相抱歉也罢，只要保持自己的风格，就是可爱的狗狗。无论你我，顺其自然就是最棒的。"能说出这些话的想必就是巴黎的狗狗。（←有点夸大了）

为了庆祝结婚，鬼使神差地给自己买了只玩具贵宾犬做礼物。从此我便一直用相机记录着这只叫红豆的小黑狗与巴黎狗狗们的影像。如今在摄影工作期间，只要在街角发现狗狗的身影，我都会跟过去拍个不停。借此机会，我要为自己在工作时突然消失的行为道歉。走在主人身边没有套牵绳的吉娃娃、与行人擦身而过的餐厅招牌犬拉布拉多……翻开这本书，让它带你游走巴黎吧，相信你一定能挖掘出《狗狗巴黎》的魅力所在。

最后，我要感谢 U 编辑和 O 设计师，尽管我的写书进度一拖再拖，两位还是对我如此的包容忍耐。另外，我还要对一直在身边支持着我的家人和小黑狗说一句"Merci"[2]。

那么各位，Bonne Promenade！！
（祝你们散步愉快！）

吉田熊猫

> 胡萝卜、芹菜和扁豆我都吃。我不挑食哦！

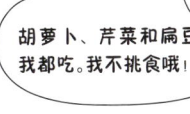

---

1 法国费加罗报（Le Figaro）旗下杂志 madame FIGARO 的日语版。——译注
2 法语：谢谢。——译注

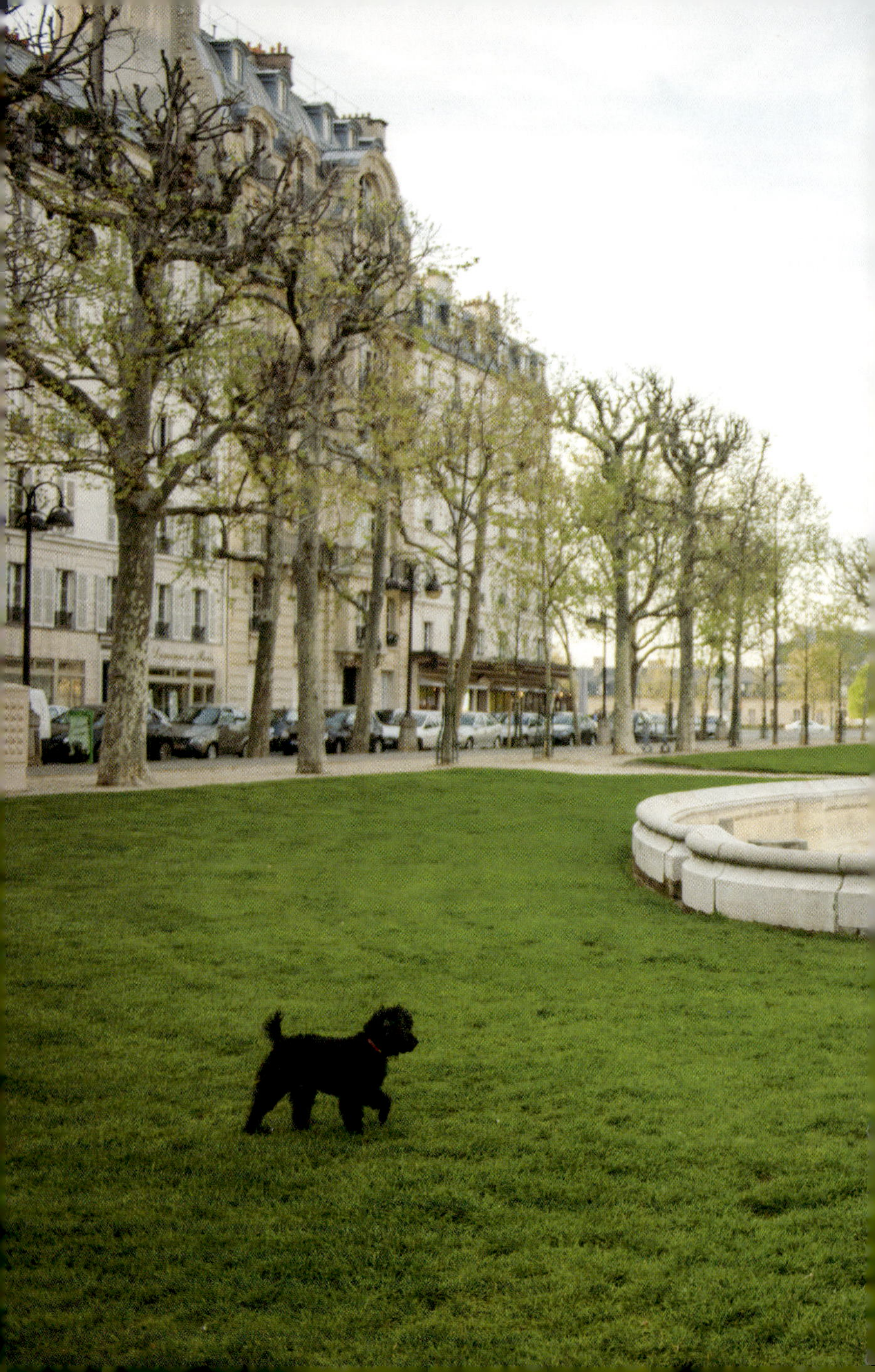

ALBUM PHOTO DES CHIENS DE PARIS
巴黎的狗狗们

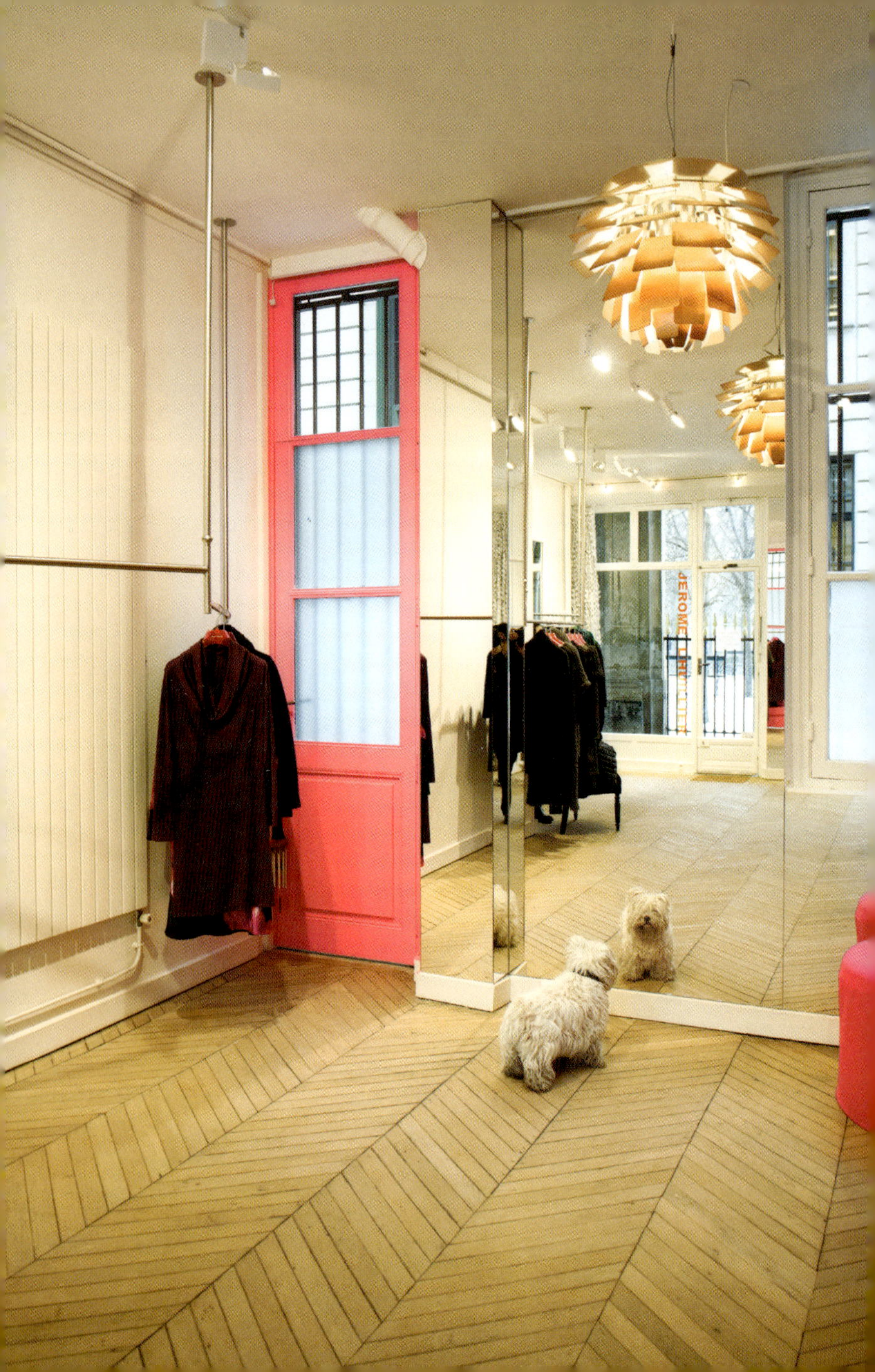
JEROME

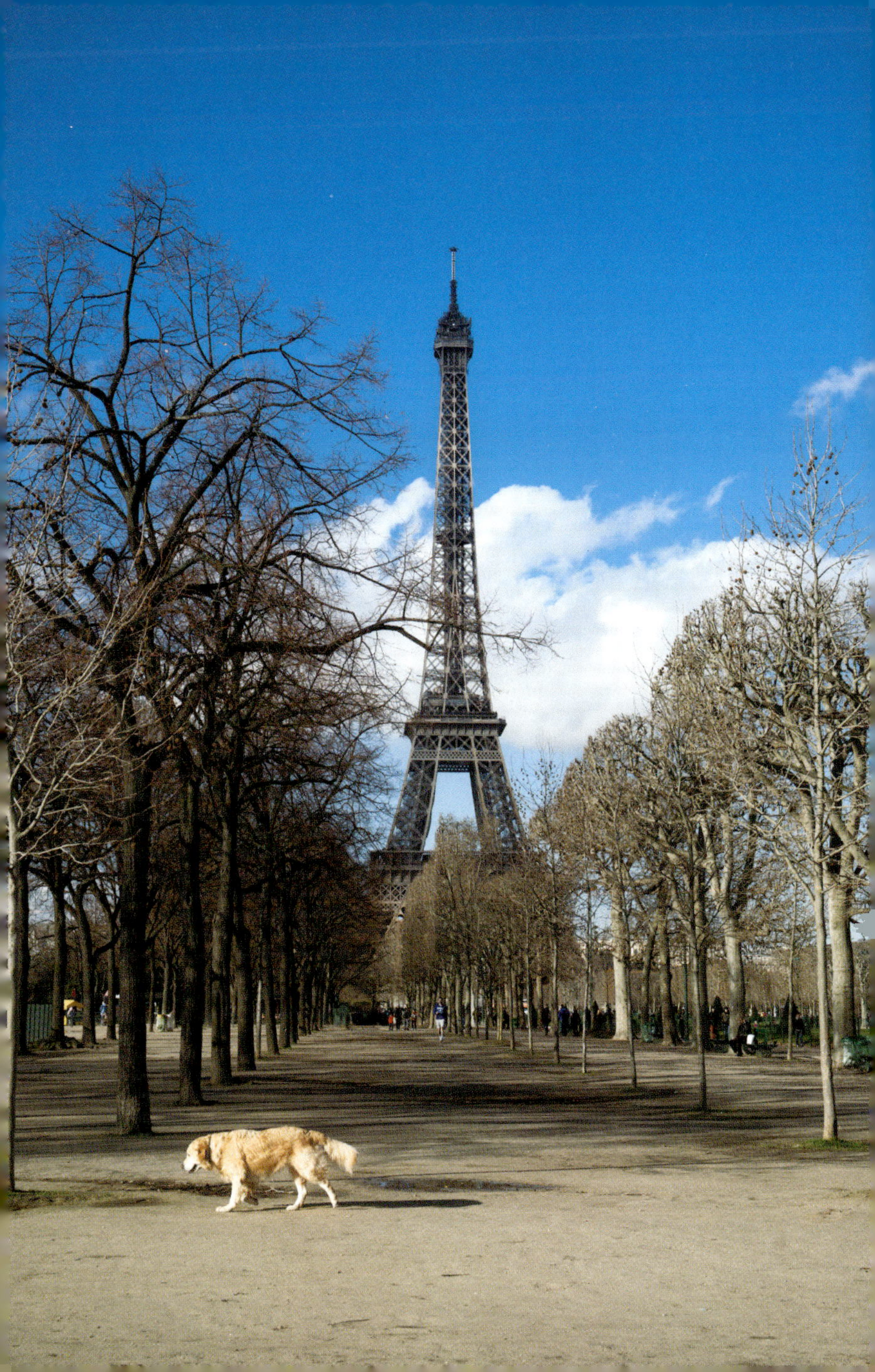

COURS DES HALLES
CHEZ VALENTIN

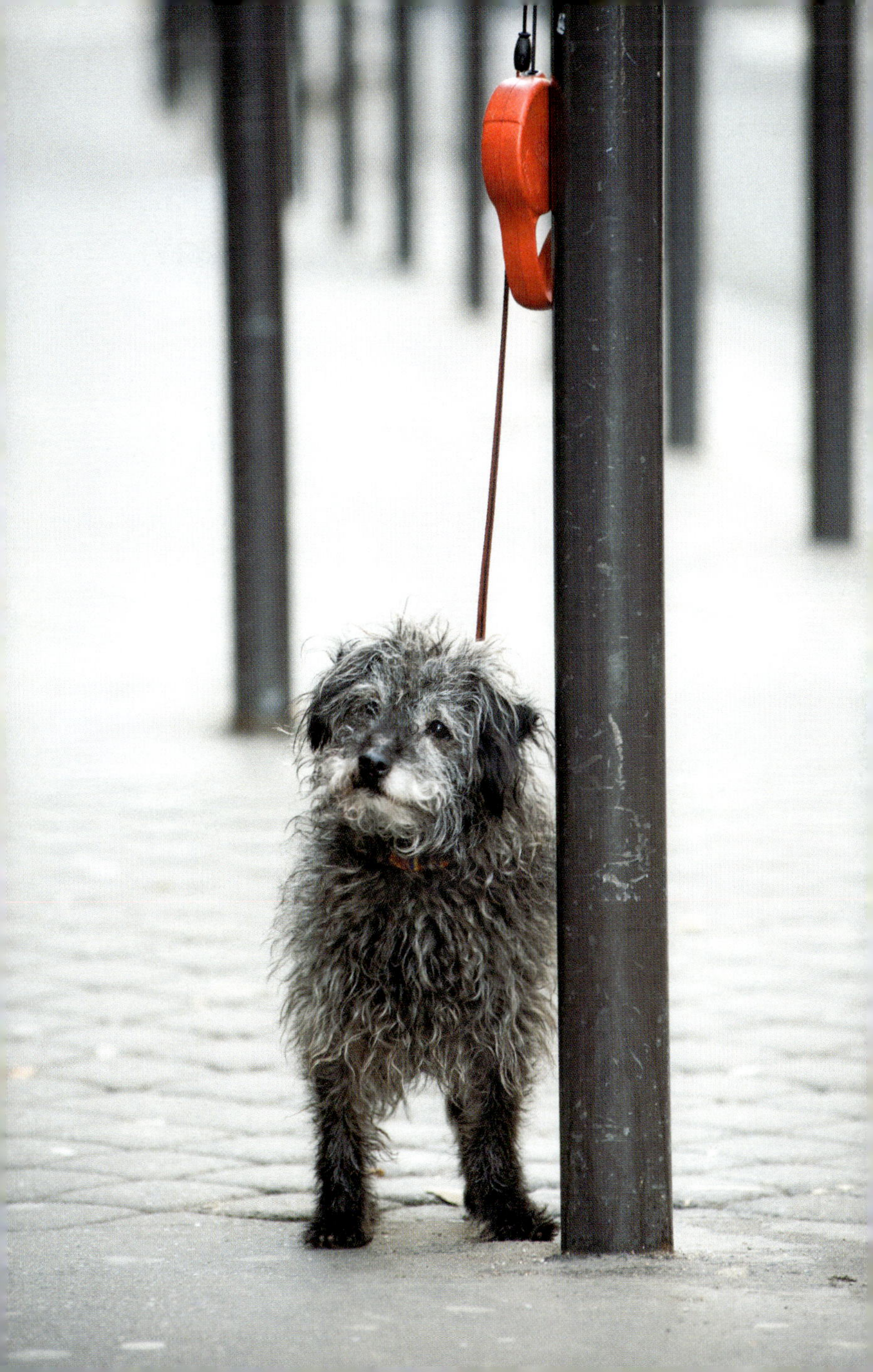

Les vins blancs	Quelques breuvages	Les vins rouges
1 dcl au Bar	4 cl au bar ou	1 dcl au Bar
... 2,80	ailleurs	Côtes du Rhône 2,80
Rully 3,60	M Couvreur	Fleurie 3,60
Rioja 3,00	Single Malt 4,50	Morgon 4,00
Veran 4,00	Whisky unique 5,50	Côtes de Rhône 4,00
Touraine Sauv. 3,60	Overdosed	Hidor N'Myles 3,80
ayon 3,50	Jack B 4,50	Lacombe Noaille 4,00
Jurançon 4,00	Jack Daniel 5,00	Irancy 4,10
0,50 au Soffe	Rhum El dorado long 5,00	Coteaux Viwois
	Rhum J.M. XO 9,00	Rosé
	Cabria, Marc 4,00	
	J Cartron	
	Bire Williams 6,5	
	Vieille Prune 6,30	
	Vodka SKYY 1,5	
	(Parfumée)	

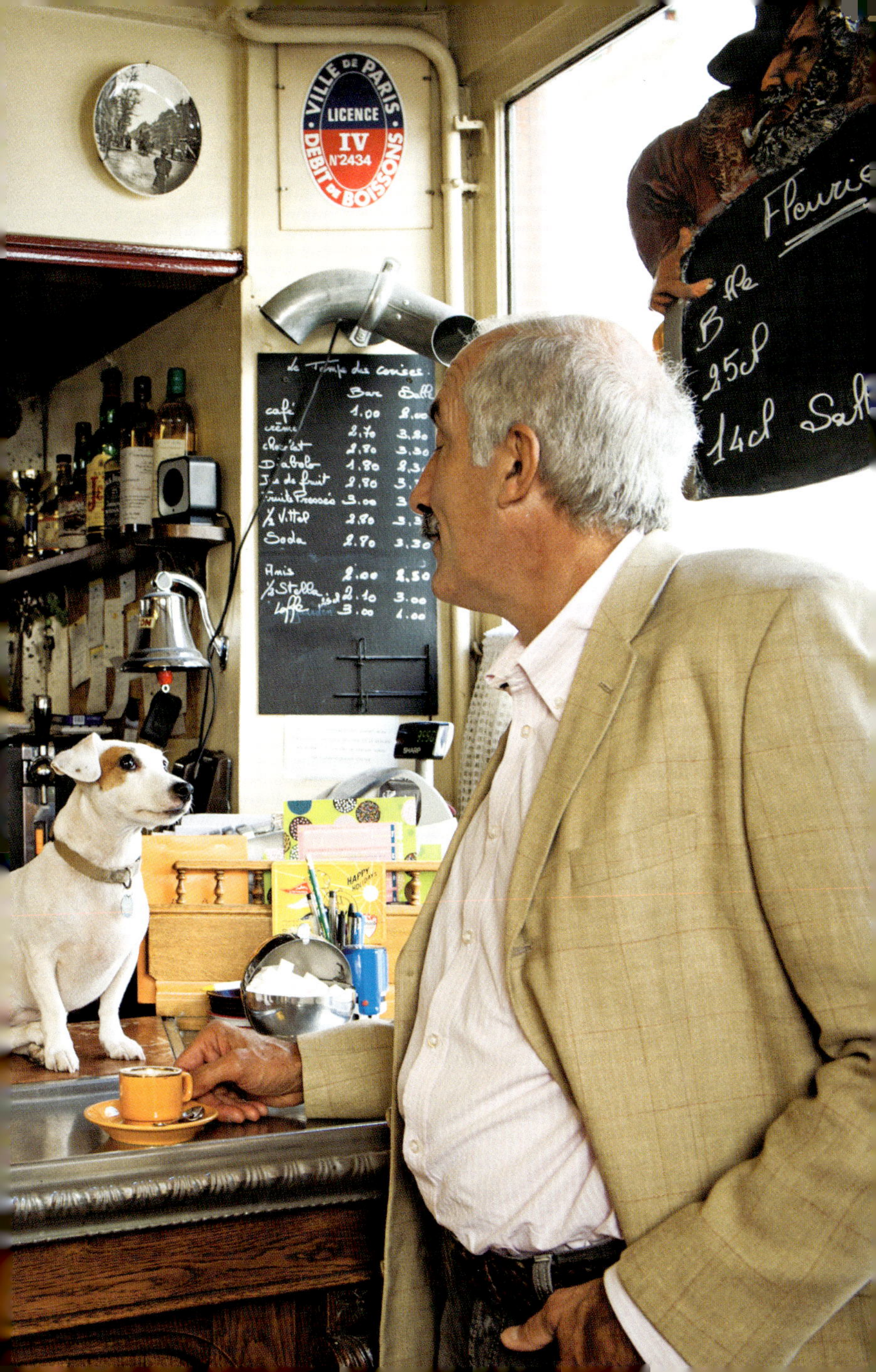
VILLE DE PARIS
LICENCE
IV
N°2434
DEBIT DE BOISSONS

WHILE THY BOOKE DOTH LIVE
AND WE HAVE WITS TO READ
AND PRAISE TO GIVE

ANTIQUARIAN BOO

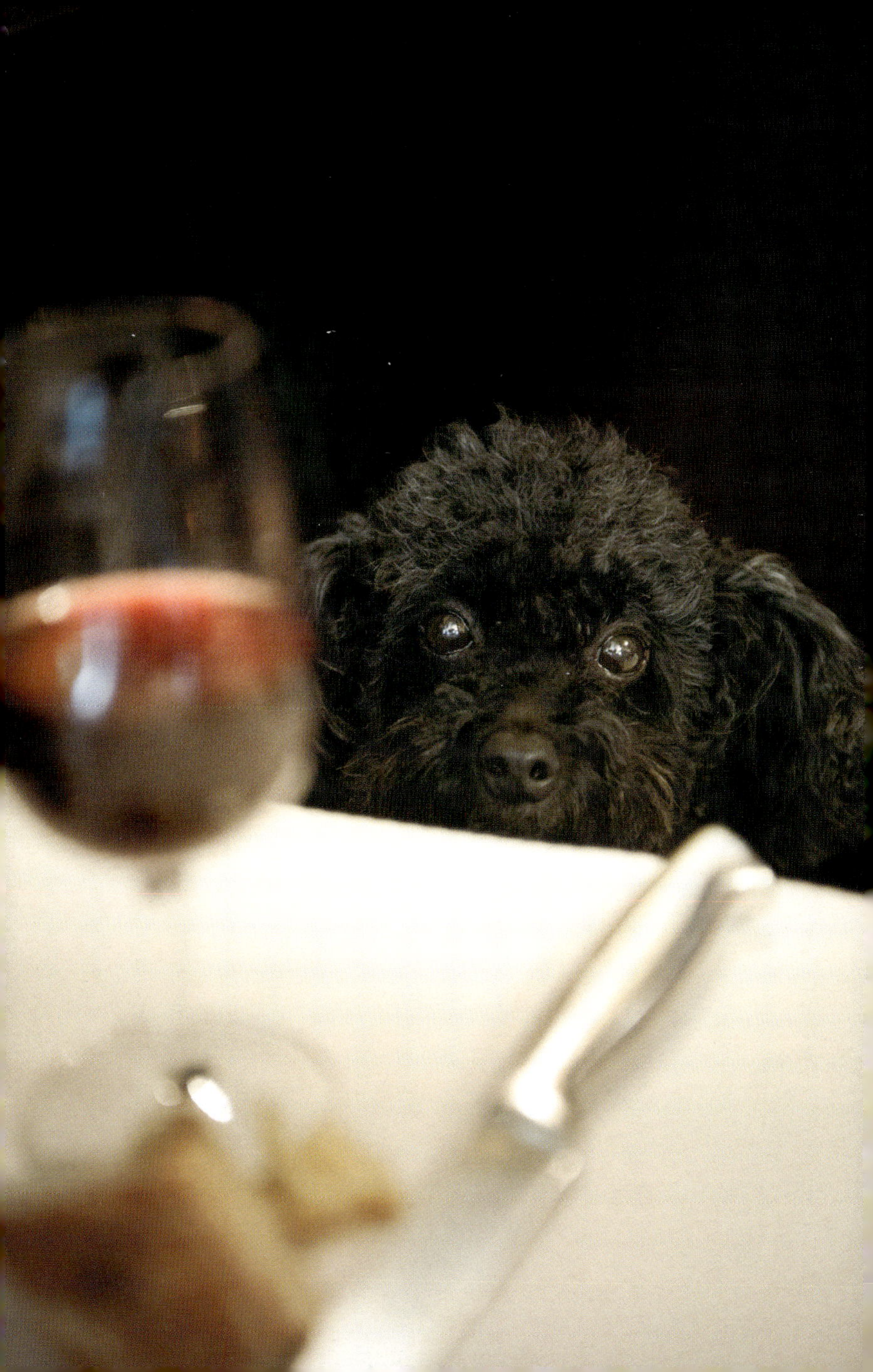

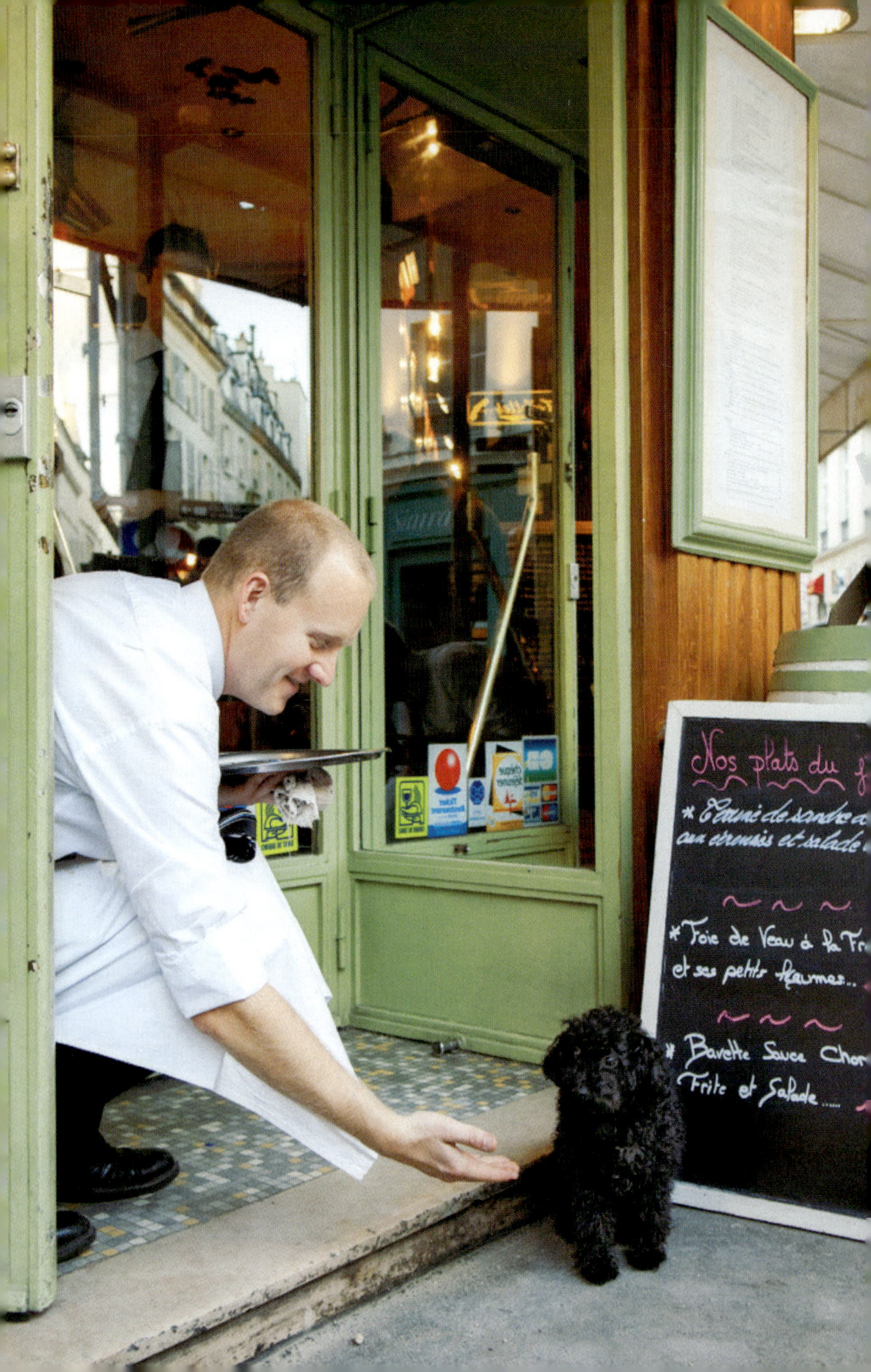
Nos plats du
Frite et Salade .....

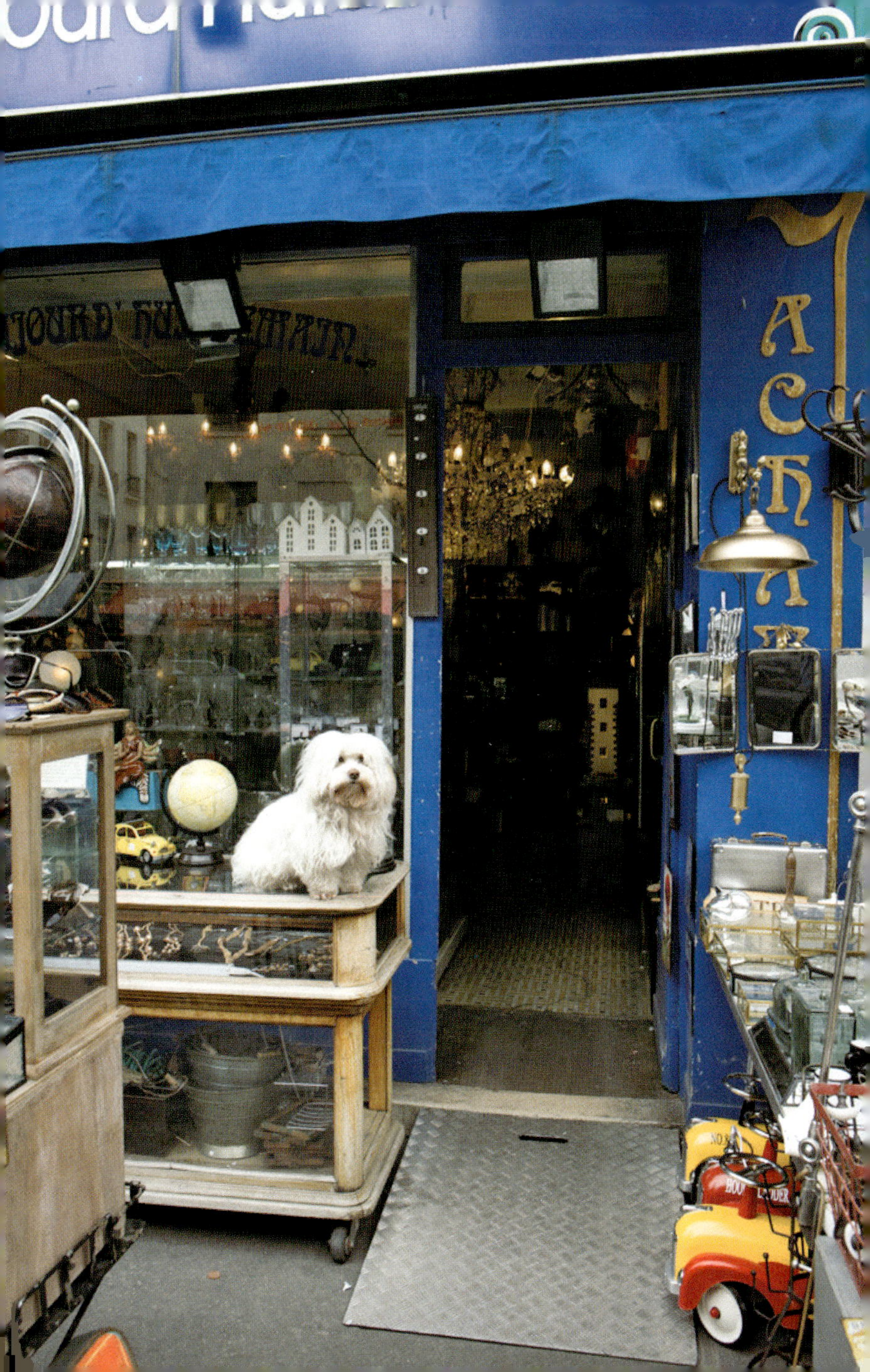

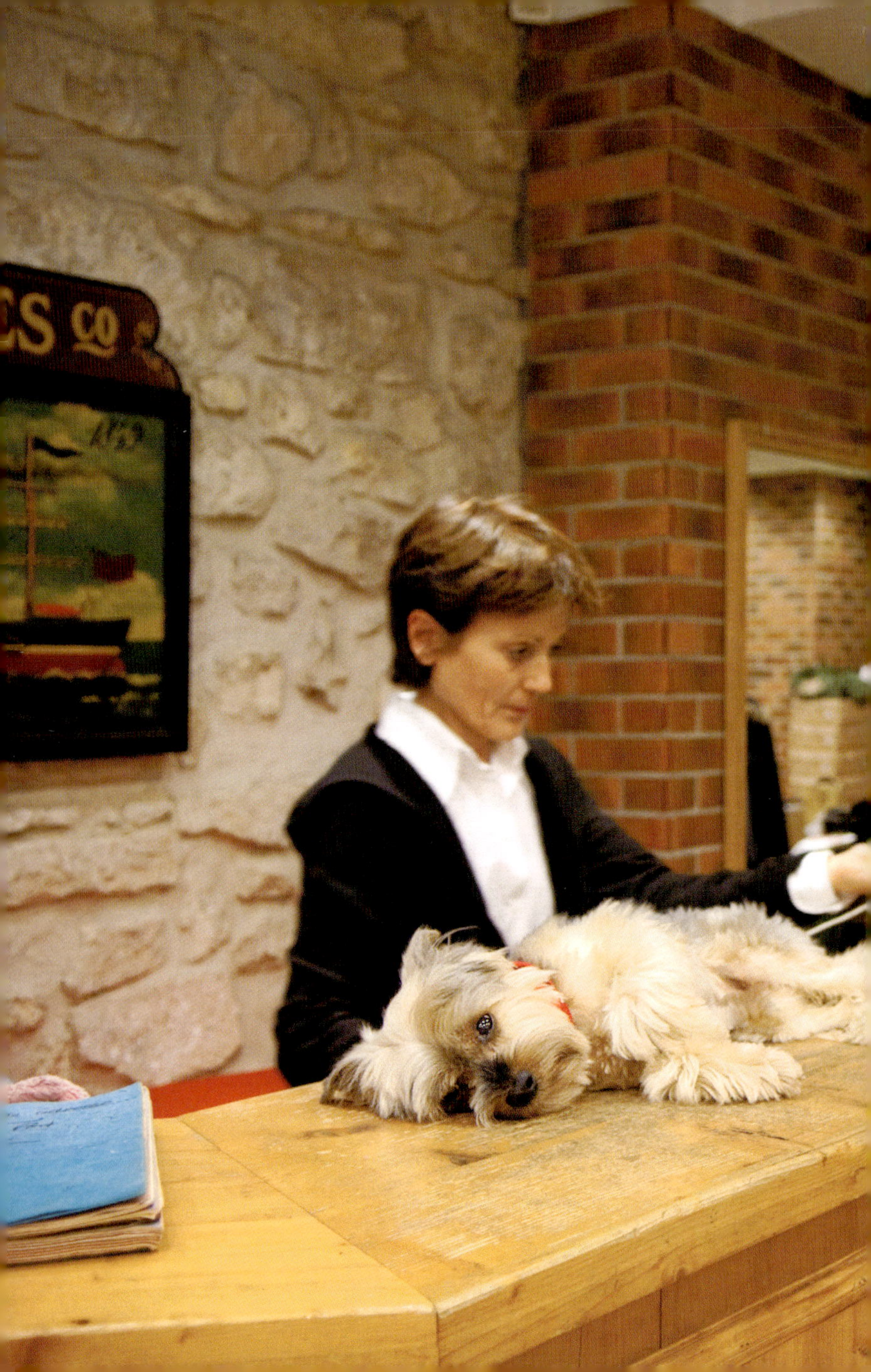

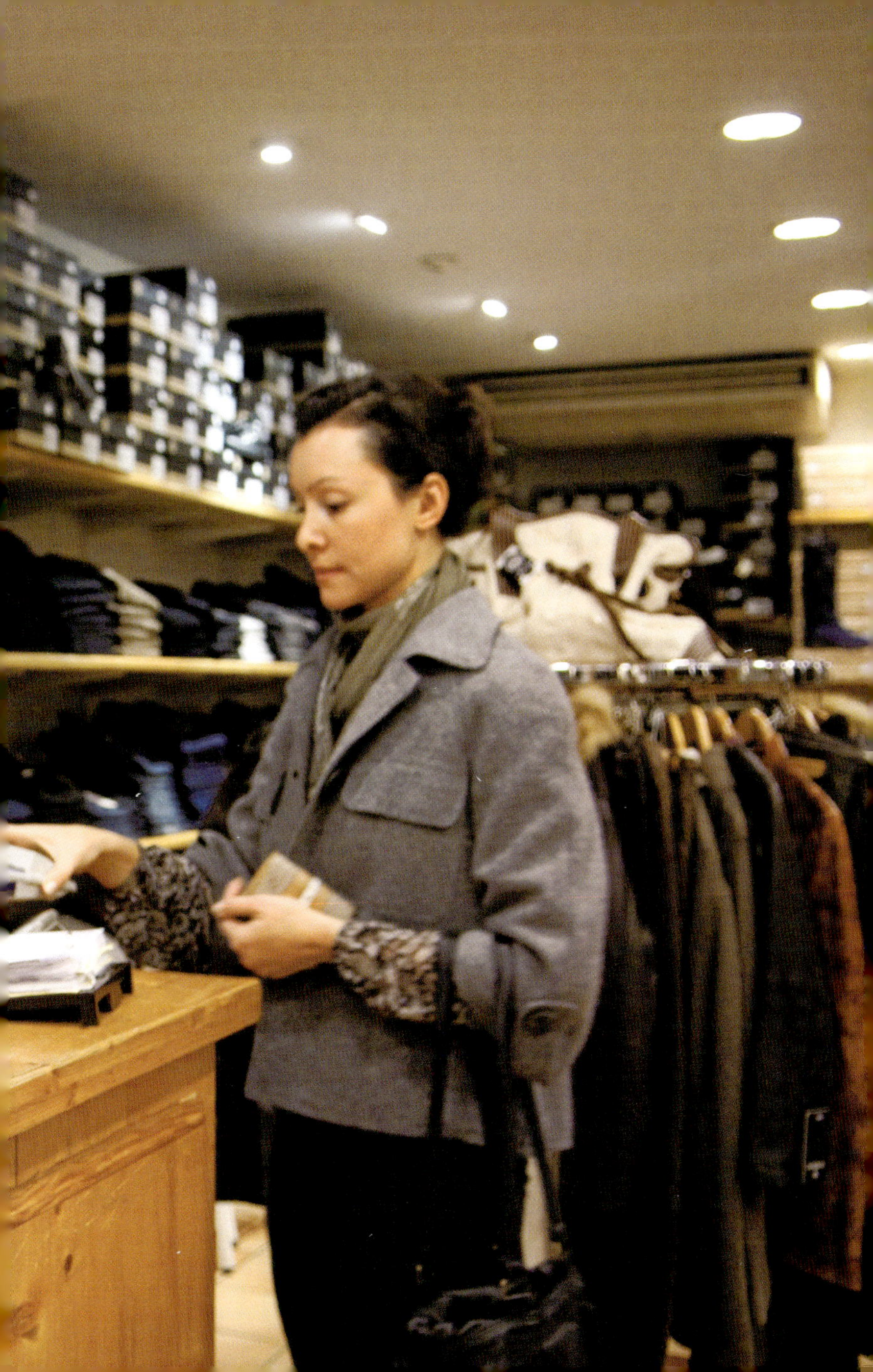

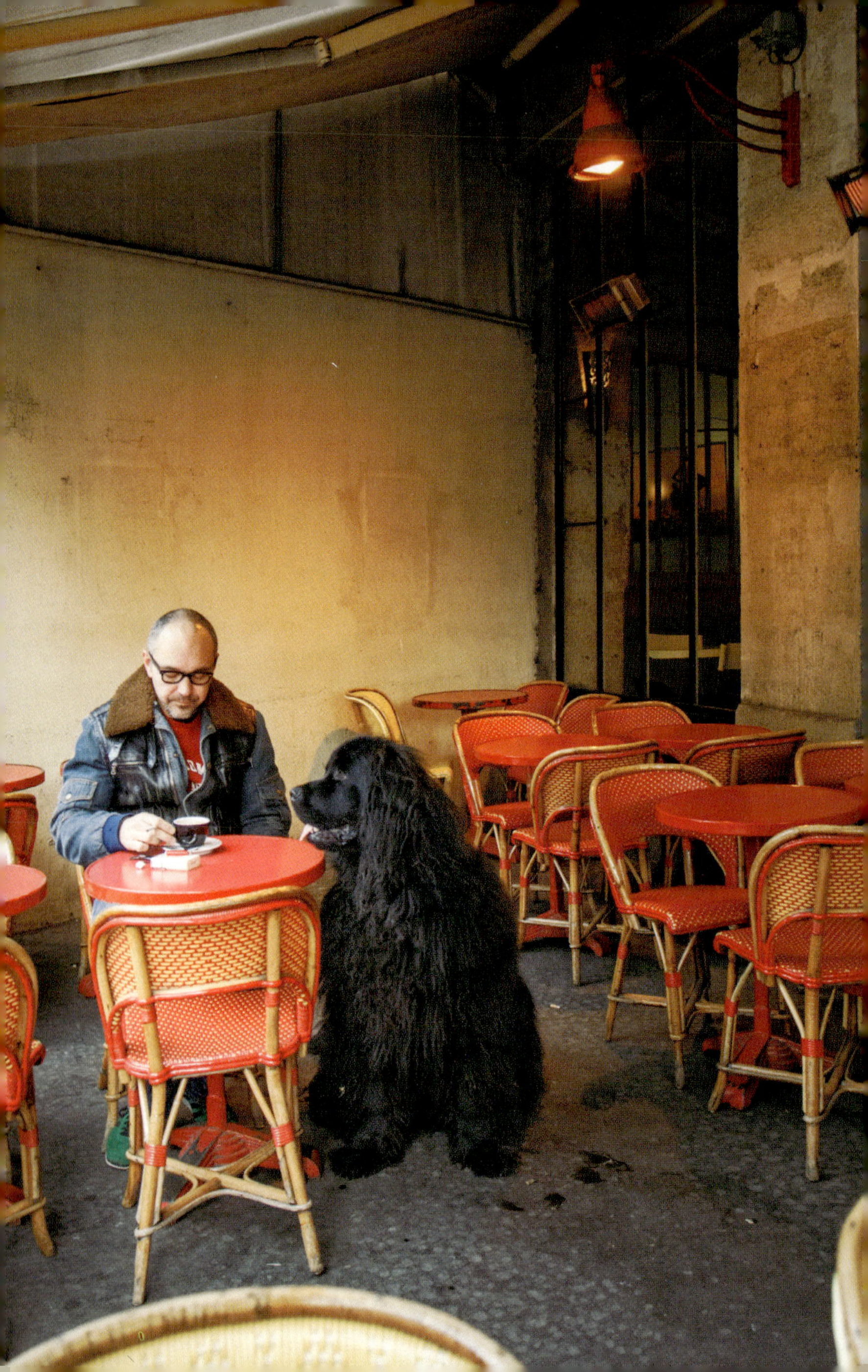

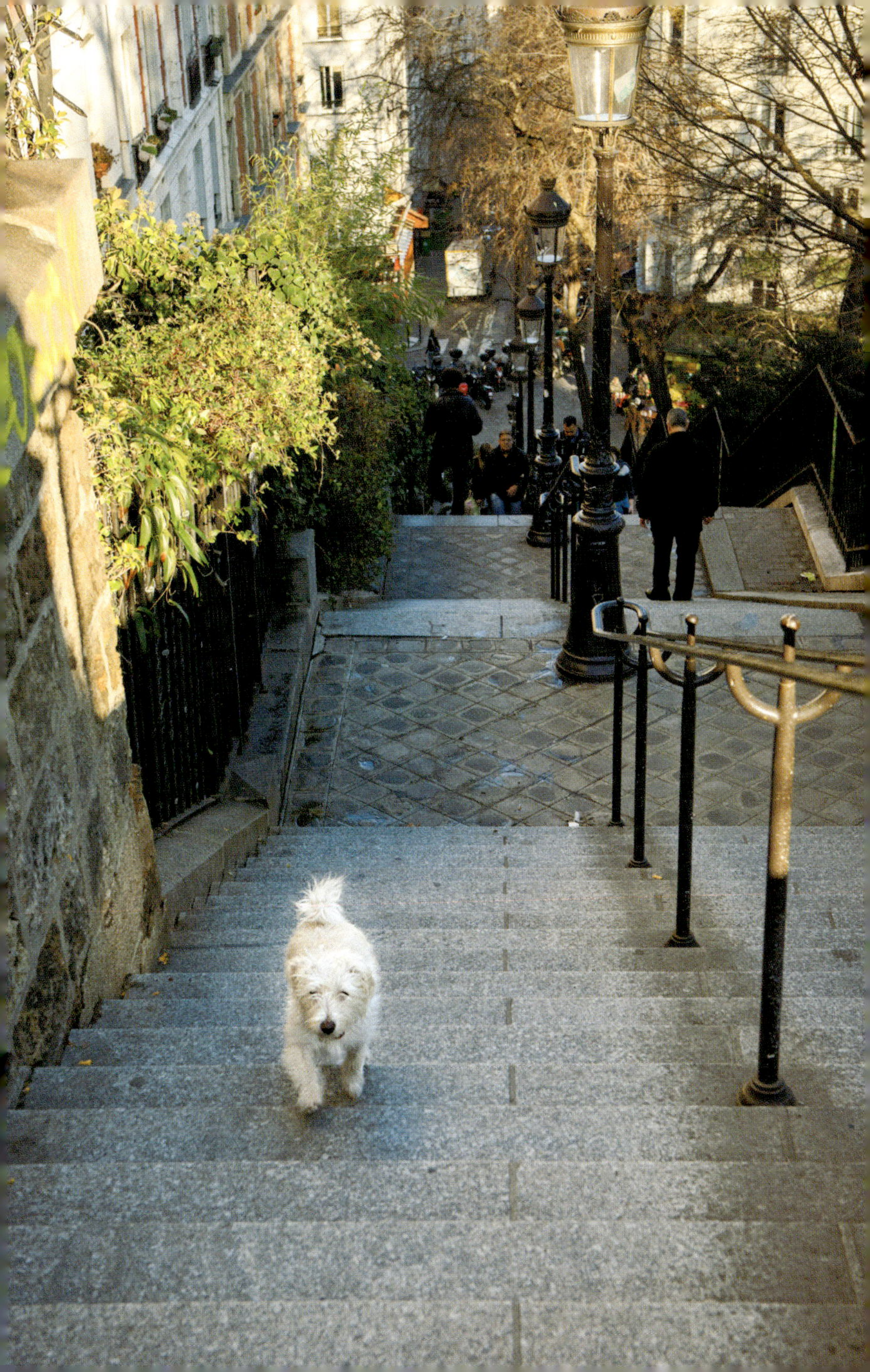

SANDWICHES
SALADES   Tarte
PIZZA   Normande
Quiches
Croque monsieur
Tarte aux Poireaux

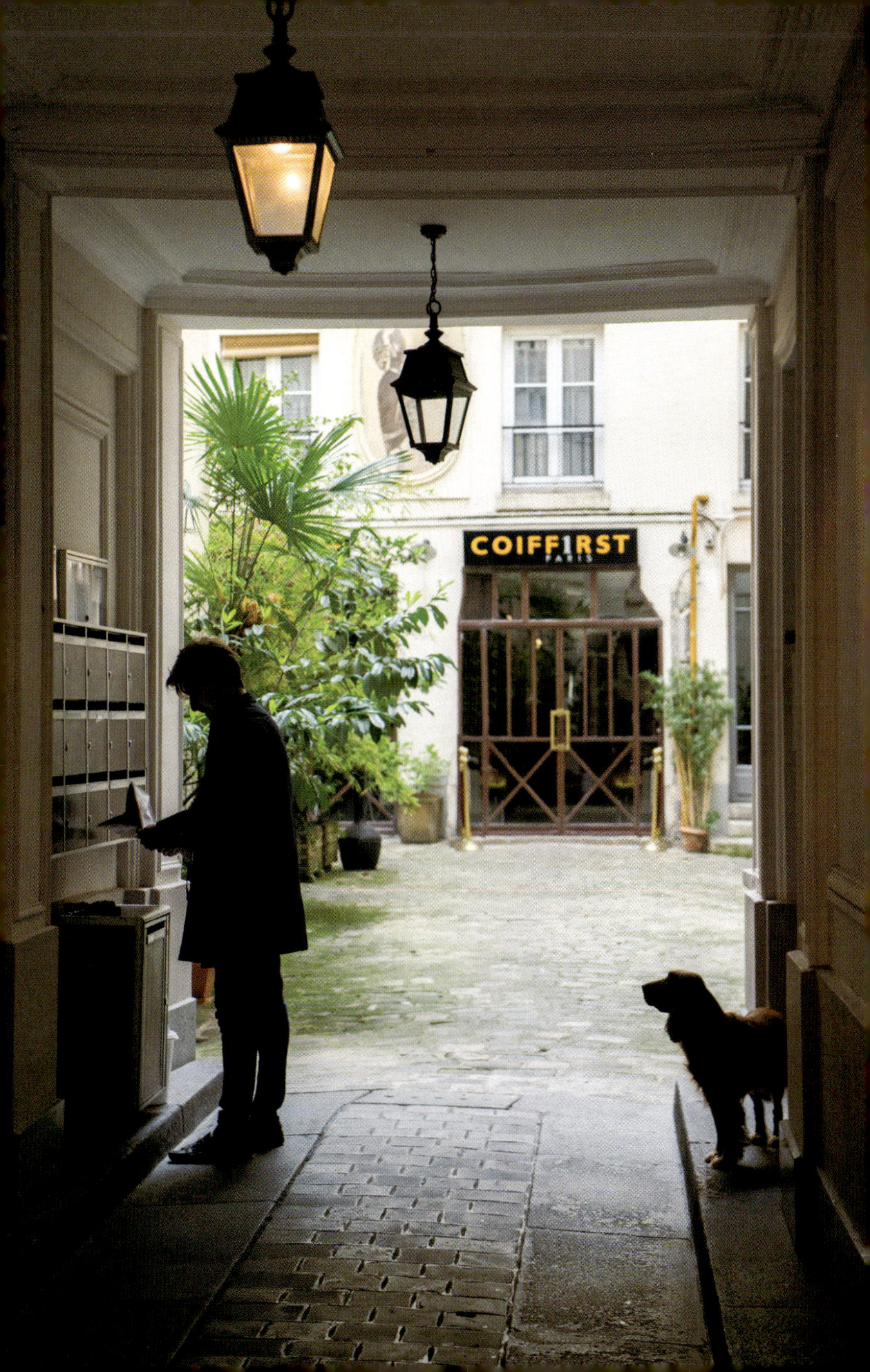
COIFF1RST
PARIS

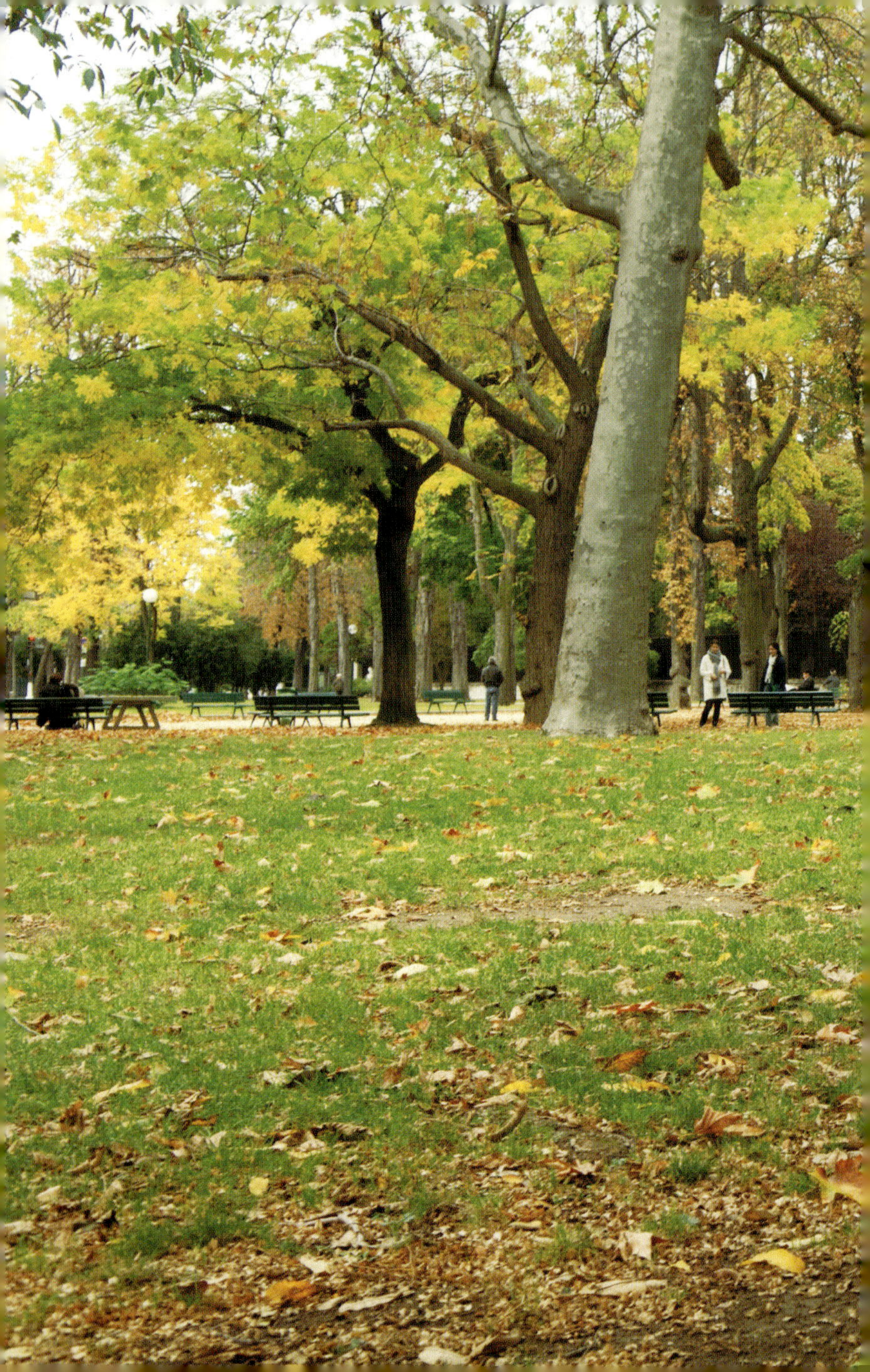

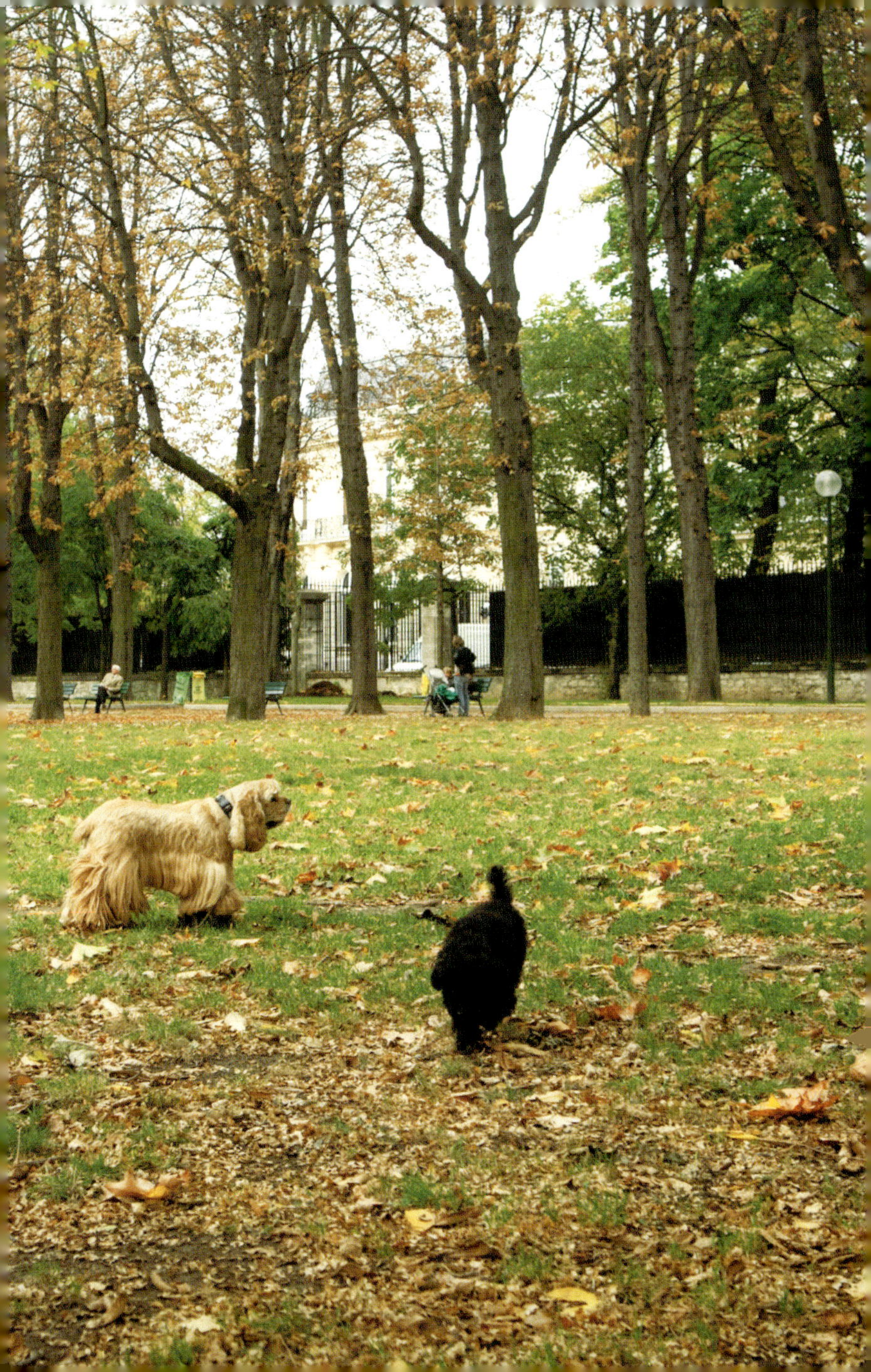

TABLE DES MATIÈRES 目录

004 *INTRODUCTION*
写在前面的话

006 *ALBUM PHOTO DES CHIENS DE PARIS*
巴黎的狗狗们

028 CHAPITRE 1
在右岸生活的狗狗们

030 拉布拉多和软礼帽
📍巴黎皇家宫殿公园／拉布拉多猎犬 尼欧

036 幸福的蓝色小球
📍Au Père Tranquille／杰克罗素猎犬 特蕾拉

042 隆冬里的散步
📍巴黎大堂附近／迷你杜宾犬 莉莉 以及其他狗狗

右岸
Rive Droite

126 CHAPITRE 2
在左岸生活的狗狗们

128 西尔维亚和科莱特
📍莎士比亚书店／混种犬 科莱特

136 帽子店的招牌女店员
📍鹿天尔－巴比伦站附近／美国可卡猎犬 科蕾奇

140 亚麻布料店的巡逻犬
📍Sommeil d'Orphee／杰克罗素猎犬 乡莉

144 假小子斗牛犬
📍战神广场／法国斗牛犬 萨甲森

148 保证不要告诉别人哦
📍战神广场酒店／英国可卡猎犬 卡内尔

152 胆小的王室象征
📍荣军院前的草坪／意大利灵缇犬 尼狗

156 我的奖励是法棍
📍战神广场附近／凯撒

左岸
Rive Gauche

046 **我才不是拖把，我是"科斯莫"**
 巴黎皇家宫殿 / 西高地白梗犬 科斯莫

050 **长有鬃毛的小·雄狮**
 巴黎大堂附近 / 约克夏梗犬 雷昂

054 **你好汪，廊街里的沃尔德**
 巴黎皇家宫殿、薇薇安拱廊街 / 斗牛梗犬 沃尔德

058 **变成T恤的阿波克**
 La Brigout / 杰克罗素梗犬 阿波克

064 **冷空气下的长大衣**
 玛黑区 / 长毛吉娃娃犬 扑哧扑哧

068 **别看我这样，其实我可爱撒娇了**
 玛黑区 / 斗牛犬 妲毯

072 **樱桃时节**
 Le Temps des Cerises / 杰克罗素梗犬 巴德罢与约斐

078 **画廊的模特犬**
 圣保罗街的画廊 / 吉娃娃犬 × 西施犬 派克

082 **叫我"卡哇伊"**
 BHV 商场餐具贩卖区 / 拉布拉多猎犬 × 西伯利亚哈士奇犬 卡哇伊

086 **在但丁与玛丽亚家**
 Dante & Maria / 杰克罗素梗犬 邦迪

092 **就算差劲也无所谓**
 圣马丁运河周边 / 法国斗牛犬 埃拉

096 **风雅伴身**
 Le Square Trousseau / 杰克罗素梗犬 丹迪

102 **巴黎的遛狗场**
 Ranelagh 公园 / 骑士查理王猎犬 阿尔托

106 **蒙马特的蒙马特人**
 蒙马特 / 边境牧羊犬 皮科

110 **Non, non, non, non!**
 拉马克-戈兰古站附近某咖啡馆 / 斗牛梗犬 里德尔

114 **要是不陪我玩，我是不会放过你的**
 某精品买手店 / 澳大利亚牧羊犬 斯潘塞

118 **在蒙马特午睡**
 勒皮栀街 / 巴哥犬 佩妮

122 COLUMN 1
 Un beau jour d'Aduki
 黑狗狗红豆的一天
 ——巴黎的下午茶日常

160 **明天再开始减肥**
 密夏尔大街肉铺前 / 贵宾犬 佐佐

164 **兽医处的偶遇**
 动物医院 / 博美犬 Hermes

168 **拼桌席间的金发美女**
 La Cave de L'Os à Moelle / 约克夏梗犬 蕾西卡

172 COLUMN 2
 Un beau jour d'Aduki
 黑狗狗红豆的一天
 ——夏日度假无处不携犬

027

CHAPITRE 1

在右岸生活的

右岸 Rive Droite

狗狗们

拉布拉多 和软礼帽

Deux labradors et deux chapeaux mous

1er arrondissement
1区

📍 巴黎皇家宫殿（Palais-Royal）公园

这幅画面像极了电影镜头。在冷清的皇家宫殿公园里，我在冬季的林荫道发现了一位戴软礼帽遛狗的女士（Madame）。

同行的是一只名叫尼欧的雄性拉布拉多，7岁。

在巴黎，无论是不经意间的窗玻璃反射、餐厅外墙，还是商店橱窗都能构成一幅幅画。

狗狗品种
拉布拉多猎犬
Labrador Retriever

名字 **尼欧 (Néo)**

性别 ♂   年龄 **7岁**

这位女士是不是被拉布拉多的聪明才智吸引所以决定养这只狗狗的呢?可是主人发出"坐下"的指令时,尼欧却毫无反应。

咦……没想到尼欧果然是只聪明的狗狗,因为它注意到了一番惊人的景象……

> 嗯?对面走来的莫非是……

盯着———

令尼欧目不转睛的对象，居然是戴着黑色软礼帽、身着黑色大衣的男士（Monsieur）和一只奶白色的拉布拉多。定睛看简直像在照镜子一般！难道在巴黎遛拉布拉多要戴软礼帽是一种习俗？

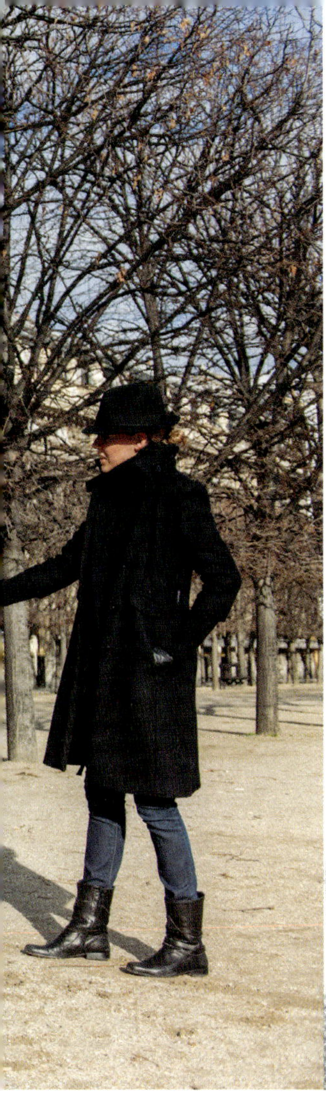
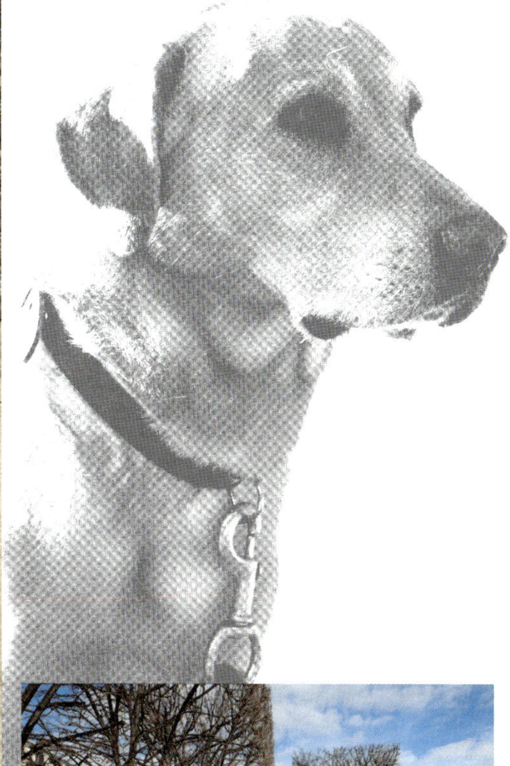
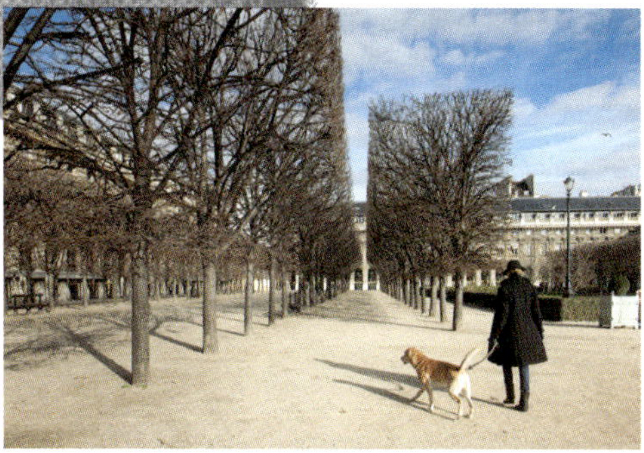

幸福的蓝色小球
La balle bleue du bonheur

1er arrondissement
1区

📍 Au Père Tranquille

被主人抱在怀里而无比喜悦……其实比起被抱在怀里，咬着蓝色小球才是幸福至极的时刻。这位是名叫特基拉（Tequila）的杰克罗素梗犬。

为拍摄 FIGARO japon 咖啡店特辑，我造访了这家老店。这里也会作为电影取景地。该店曾是卡巴莱（cabaret）3，在战后被改为咖啡店。包括侍者（garçon）的黑白制服在内，这里仍留存着"旧日好时光"。

---

3 一种带有娱乐表演的酒吧或夜总会。——译注

狗狗品种
杰克罗素猘犬
Jack Russell Terrier

名字 **特基拉 (Tequila)**

性别 ♀ 年龄 **不明**

它咬着球的时候特别乖巧,也不会捣乱。小球无意间似乎已经变得不可或缺,就像婴儿奶嘴一样吧?

它在露台席间一直趴在主人的膝盖上,看来连它都没把自己当作狗狗吧。

想要得到特基拉的关注很简单,只要一只手拿起蓝色小球叫它名字就行了。不过,要是拿得太久的话……

把我的球还给我!

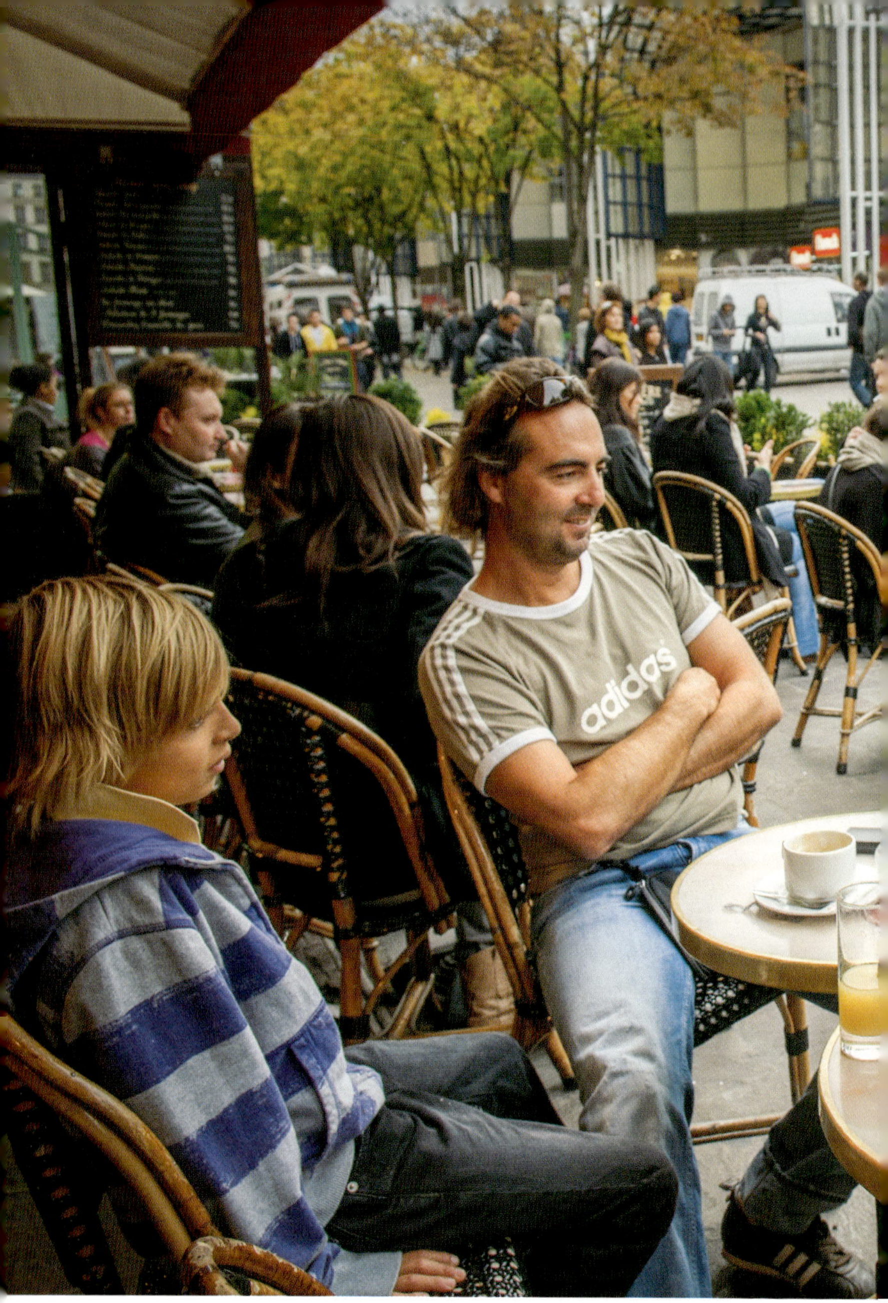
adidas

041

隆冬里的
散步
La promenade en plein hiver

1er arrondissement
1区

◎ 巴黎大堂（Les Halles）附近

在拍摄 *FIGARO Paris*（费加罗巴黎）[4] 特辑期间遇到的狗狗们。我常会被人说"只要看到狗狗，熊猫就会神不知鬼不觉地消失呢"。

是的，真是对不起！

在巴黎几乎看不到为了时尚而穿衣服的狗狗，就算是穿着衣服，也只是因为"天太冷了"而已。

---

[4] *FIGARO japon* 和服装公司 BAYCREWS 集团（ベイクルーズグループ）于 2013 年共同创立的买手店（或称品牌集合店，セレクトショップ）。——译注

狗狗品种
迷你贵宾犬
Miniature Poodle

名字 罗密欧 (Roméo)

性别 ♂ 年龄 不明

狗狗品种
吉娃娃犬
Chihuahua

名字 **布鲁克林 (Brooklyn)**

性别 ♀ 年龄 **11 个月**

买手店里饲养的布鲁克林在去厕所时都会主动报告。真是聪明,好想让我家红豆也学学人家呀……

精神抖擞的迷你杜宾在长廊里漫步,吉娃娃在买手店里休憩。即使在工作中我也会不经意间开启雷达,到处寻找狗狗的踪迹。

狗狗品种
迷你杜宾犬
Miniature Pinscher

名字 莉莉 (Lily)

性别 ♀   年龄 不明

我才不是拖把，我是"科斯莫"

Je ne suis pas un balai serpillère, moi, c'est "Cosmo"

1er arrondissement
1区

◉ 巴黎皇家宫殿

拍摄期间造访的某家精品店内，地板上躺着一个灰不溜秋的团子，俯瞰仿佛是个拖把……

但是，这不是拖把，是科斯莫（Cosmo，宇宙）。

这位是该店饲养的吉祥物科斯莫。

它的刘海完全遮住眼睛，刚好能伪装成拖把。

它每天必会站在镜子前检查毛发是否有型。

看来巴黎人连拖地都不能不时髦呀。（←？）

巴黎的冬天只要一走到室外，相机镜头就会因温差而结露，会起一会儿雾。用这样的镜头拍摄的照片雾蒙蒙的，宛若幻境。

046

本大爷今天的造型也很完美～

拖……把吗……？  好像不是呢。

狗狗品种
西高地白㹴犬
West Highland White Terrier
名字 科斯莫 (Cosmo)
性别 ♂ 年龄 **13 岁**

这样的刘海应该会流行起来吧~

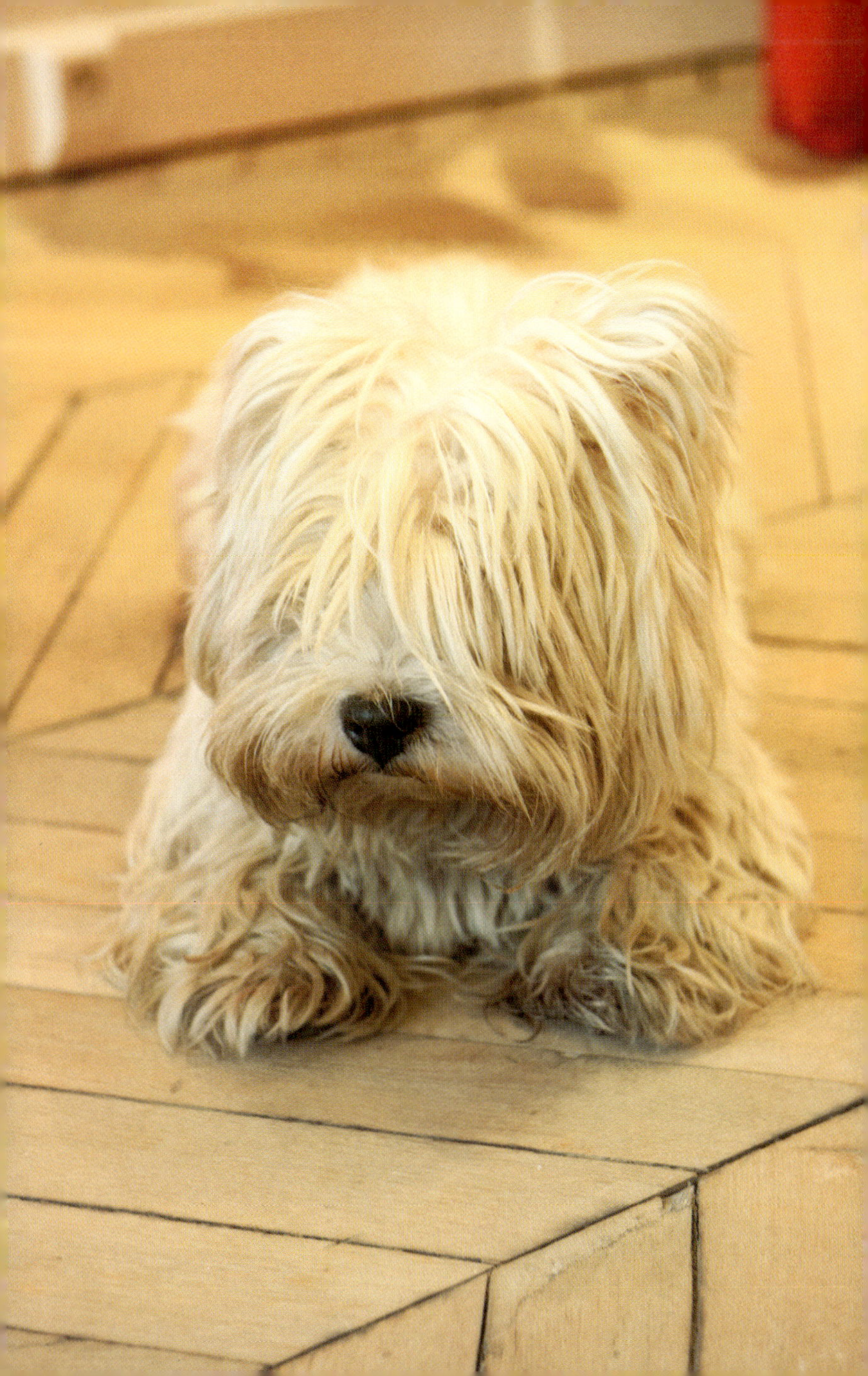

长有鬃毛的小·雄狮

Léon, un garçon avec la crinière

1er arrondissement
1区

📍 巴黎大堂附近

把主人"坐下"的指令当耳边风,摆出一副没有奖励就完全不愿听话的表情,这就是长着雄狮般鬃毛的猚犬莱昂(Léon)。

貌似它曾被装在纸箱里,丢弃在路边……在巴黎居然会有这种事。要是我看到了肯定会捡回家的。(←不小心说出了心声)

巴黎的1区和2区保留着许多19世纪建造的廊街(passage),这些街道曾有一度变得萧条冷清。如今这些廊街里遍布各具特色的店铺,已然成为观光必经之处。

RUE SAUVAL
Restaurant L'Auberge du Louvre
RUE SAUVAL
FONDUE
FROMAGE
RACLETTE

与人亲近的莱昂对这样的过去毫不介意，在雨后用肉球在我的牛仔裤上踩了好多脚印。

"坐下"是这……这样吗？

狗狗品种
约克夏㹴犬
Yorkshire Terrier

名字 **莱昂 (Léon)**

性别 ♂ 　年龄 **不明**

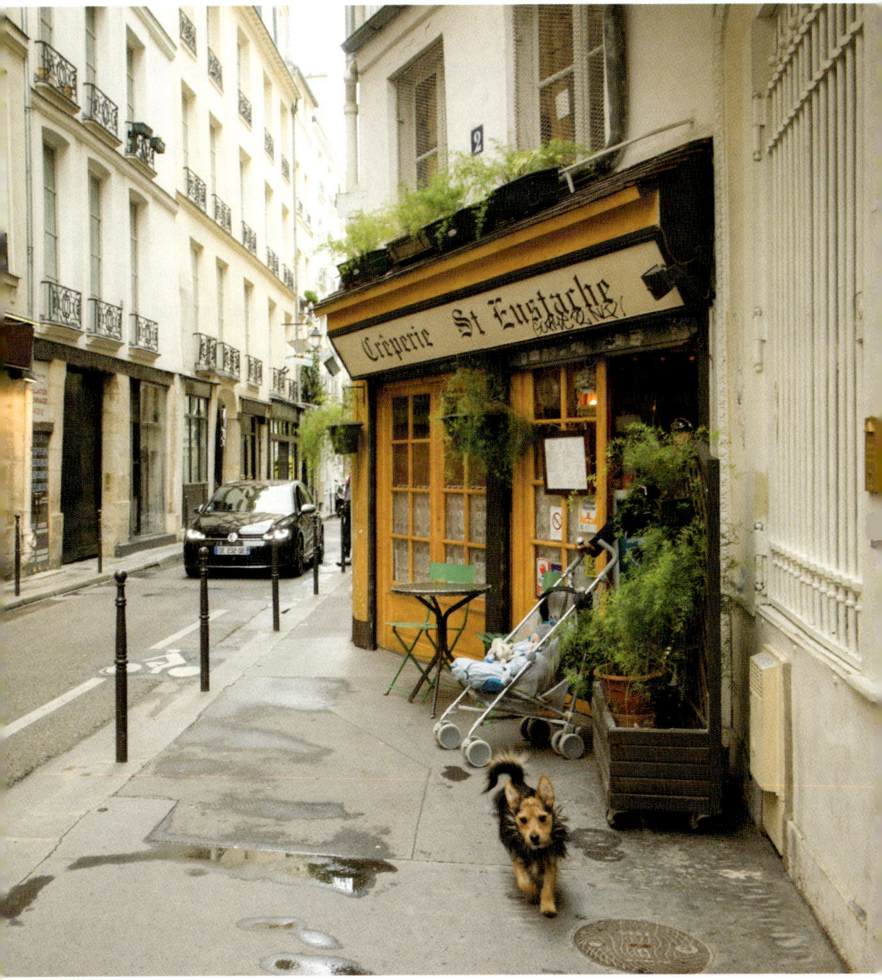
Crêperie St Eustache

你好汪，
廊街里的沃尔德
Salut, Wald dans le passage

1-2er arrondissement
1-2区

📍巴黎皇家宫殿、薇薇安拱廊街（Galerie Vivienne）

和这只斗牛㹴在初冬的巴黎皇家宫殿广场的长廊里打了个招呼，没想到几小时后在不远的廊街里又遇见了它。它叫沃尔德（Wald），是一只仪表整洁又顽固的斗牛㹴。

不管是被叫名字还是被抚摸，沃尔德始终我行我素。

Le matin
上午

1岁的沃尔德还处于训练期，无法完全按照主人的意愿行走。倒不如说更像是主人被它牵着散步。

狗狗品种
斗牛㹴犬
Bull Terrier

名字 沃尔德 (Wald)

性别 ♂ 年龄 **1 岁**

我想吸引它转向我，不过我没有用狗粮，而是用了镜头盖。岂料镜头盖被突然跳起的沃尔德夺下，就这样轻易地成了它的玩具。

下次再见时我要报仇（←？）

L'après-midi
下午

再次偶遇时我们都惊讶不已。在这之后，镜头盖就被沃尔德的利爪扑倒了。

啊，沃尔德？
啊？

变成 T 恤的
阿波克

C′est Aboc, qui devient un motif de Tee shirt

2er arrondissement
2 区

◉ La Brigout

我在人行道上瞥见了这家店内坚毅的背影。

这只叫阿波克（Aboc）的杰克罗素狭正在乖乖等待着在这里工作的主人。

略短的红牵绳既惹人怜又惹人爱（还好这是正好能让狗狗趴下的长度）。

这只狗狗是同居女友挑选的，不过主人屁颠屁颠地放言要自己来看顾它。

这里就是 19 世纪画家莫奈为庆祝世博会而在画作中描绘的蒙托格伊路（Rue Montorgueil）。如今这里复古的街道一如从前，生意兴隆，熠熠生辉。

主人还没下班吗……

狗狗品种
杰克罗素梗犬
Jack Russell Terrier

名字 阿波克 (Aboc)

性别 ♂   年龄 9 岁

阿波克位该比工作重要才对吧!

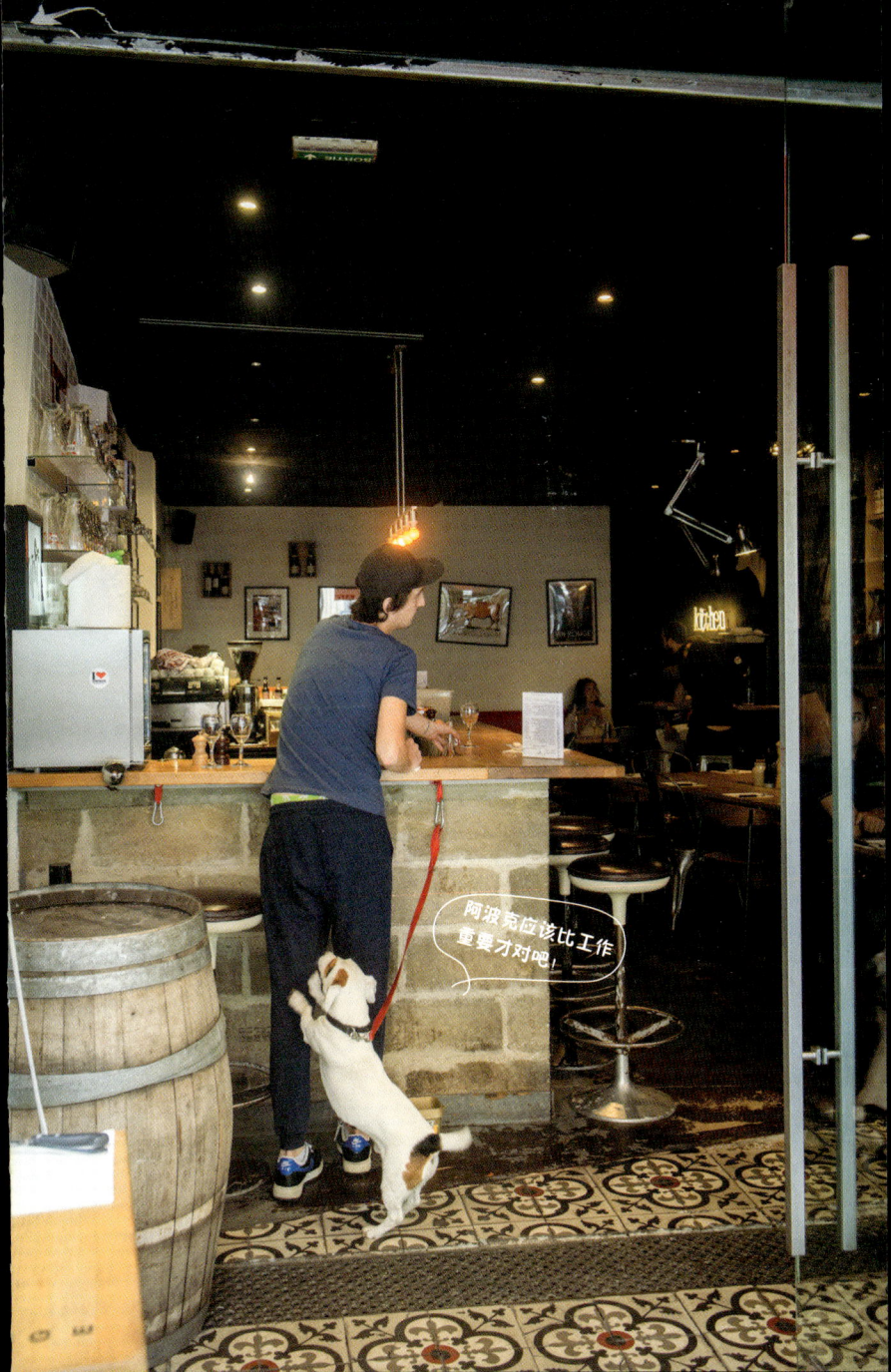

听说阿波克还被附近的精品店做成了 T 恤图案。

既然如此，不买可不行。

于是我立即动身寻找起来。

巴黎的时尚文化里可不能少了阿波克T恤哦！

在这家面向玩滑板人群的精品店内，可以定制印有阿波克图案的T恤并能当场印出来。阿波克真是太适合戴针织帽了，怎么看都像杰米罗奎尔（Jamiroquai）[5]。我肯定会穿回日本的，现在我超级喜欢这件T恤。

5 英国著名乐队。——译注

063

冷空气下的
长大衣

Un manteau long sous le ciel d´hiver

3—4ᵉ arrondissement
3—4区

📍玛黑区（Le Marais）

逼近年末的 12 月，圣诞节也近在眼前，在这当口我突然偶遇了这只笑眉吉娃娃。

哎呀，真是一位威风凛凛的帅哥呢。

它非常适合这身纯色长大衣。

狗狗品种
长毛吉娃娃犬
Long Coat Chihuahua

名字 扑哧扑哧 (Puff Puff)

性别 ♂　　年龄 2 岁半

刚开始我没找到看起来像是它主人的人，而且它走在路上也没戴项圈，让我以为它是真迷路了。我正想着"这真是令人为难,要不带它回家吧"时，狗狗主人便登场了。

这是一只养在附近酒吧的吉祥物，名叫扑哧扑哧（Puff Puff）。真遗憾（？），原来这不是圣诞老人给我的礼物呀。

> 我家宝贝虽然无拘无束，但绝对会回家的！

就算我问"要不要来我家？"也还是一脸冷漠的吉娃娃。附近的人大概对它独自在外溜达都习以为常，并没人注意它。

别看我这样，
其实
我可爱撒娇了

Tu ne savais pas? Je suis une petite câline

📍 玛黑区（Le Marais）

3—4ᵉ arrondissement
3—4区

由于平时在家休憩时，四肢摊开平趴在地上的睡姿活像 tapis（法语意为地毯），于是就被起名为"地毯"（Carpet）了。

白色的斗牛犬有着与脸蛋不符（←这样说很失礼）的撒娇体质。它和人很亲，颇受欢迎。

虽然不系牵绳也很乖，不过一旦看到狗它就会追上去，让主人很是措手不及。

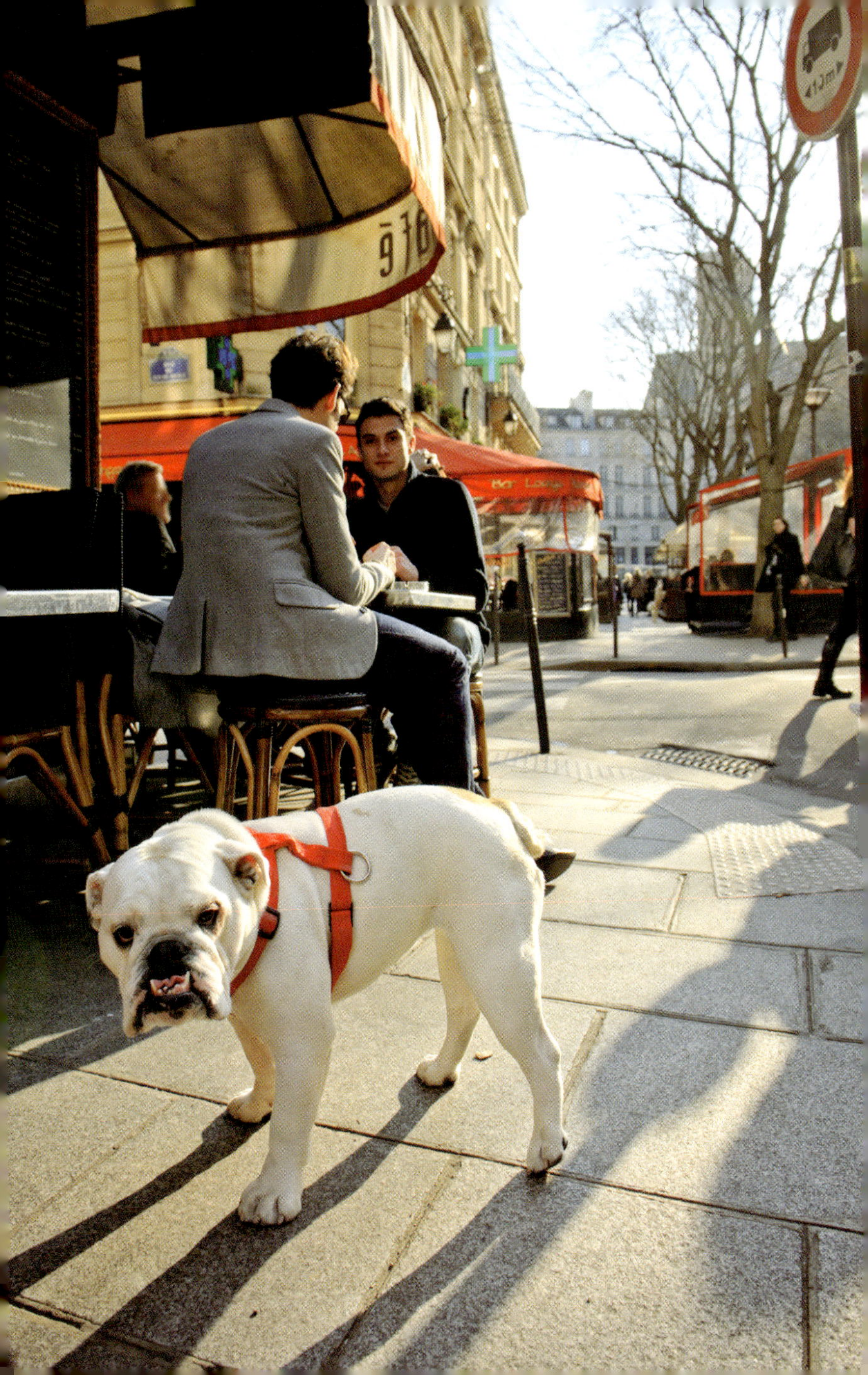

被主人训道"你怎么能不听话!"时一脸不满。这架势真是非常像巴黎女子(parisienne)啊。

与脸蛋很不符呢。(←再次失礼)

地毯不管独自走到哪,都会被主人的训斥唤回来。目前它正在训练不戴牵绳行动。

> 我讨厌被训。

狗狗品种

斗牛犬
Bulldog

名字 **地毯 (Carpet)**

性别 ♀　年龄 **3 岁**

樱桃时节
Le temps des cerises

4^e arrondissement
4 区

📍 Le Temps des Cerises

这是巴黎 4 区位于樱花树大街的"樱桃时节"餐厅。

店名是 19 世纪的一首著名流行歌曲（Chanson）。

单从这家店的外观就已经能感受到时代的变迁。今天这两只狗狗也一如既往悠闲地度日。

巴黎市中心玛黑区罕见的二层建筑。从挂在店内装饰的照片来看，这里至少在 100 多年前就是家餐厅了，而且当时店里就已经有了狗狗。

先生(Monsieur)，再来杯香浓的咖啡如何？

狗狗品种
杰克罗素猂犬
Jack Russell Terrier

名字 约曼 (Yeoman)

性别 ♀　年龄 **2 岁**

约曼（Yeoman）总在吧台的固定位置和客人攀谈，巴德曼（Badman）一直在店外溜达。

我想即使在 100 年后，这里仍旧会栖息着惹人怜爱的狗狗，萦绕着若隐若现的歌声。

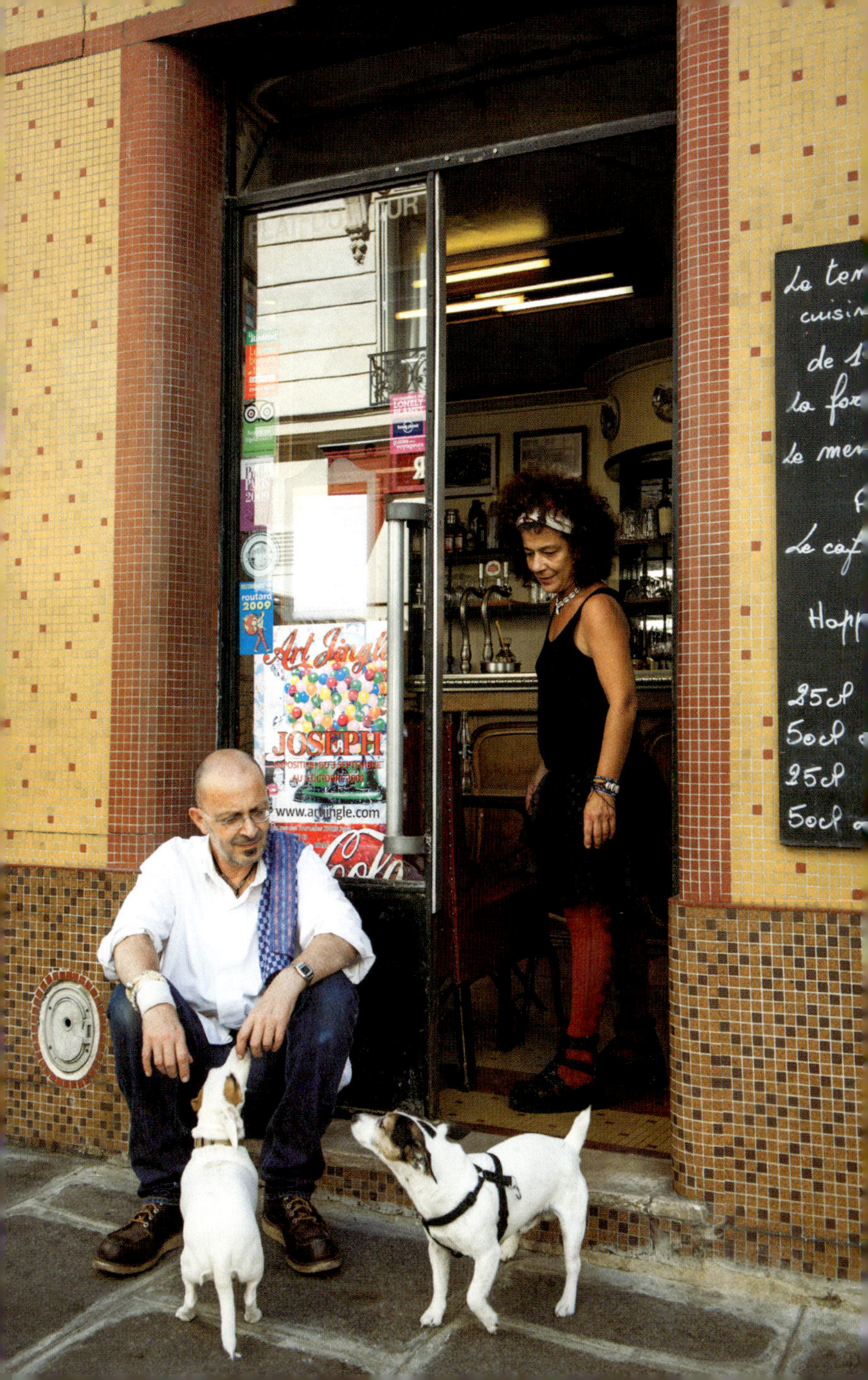
routard
2009
JOSEPH
www.artjingle.com

MENU
Menu 15€50
Formule 13€50
A LA CARTE
RARE
Sancerre
Champagne 37€
FROMAGES

RUE DE LA CERISAIE

Le temps des Cerises
cuisine du marché
de 11h30 à 14h30
la formule 13,50€
le menu 15,50€

Au bar
le café est à 1€

Happy hour
17h-21h
25cl Stella 2,10€
50cl Stella 3,20€
25cl Leffe 3,00€
50cl Leffe 4,30€

狗狗品种
杰克罗素猎犬
Jack Russell Terrier
名字 巴德曼 (Badman)
性别 ♂ 年龄 **10** 岁

画廊的
　　模特犬

Le chien mannequin de la galerie

4ᵉ arrondissement
4区

📍 圣保罗街（Rue Saint-Paul）的画廊

即使不戴牵绳也不会乱跑，今天也依旧凝视着远方，宛若门神。

不过这并不是门神。这位站姿如吉娃娃的狗狗是玛黑区某画廊里饲养的混血狗狗佩克（Peck），它是吉娃娃与西施狗的杂交品种。

让人不经意就露出笑容的画廊名犬。顺带一提，它还会时不时地突然倒立。"人气王到了这个年纪可不容易啊。"

078

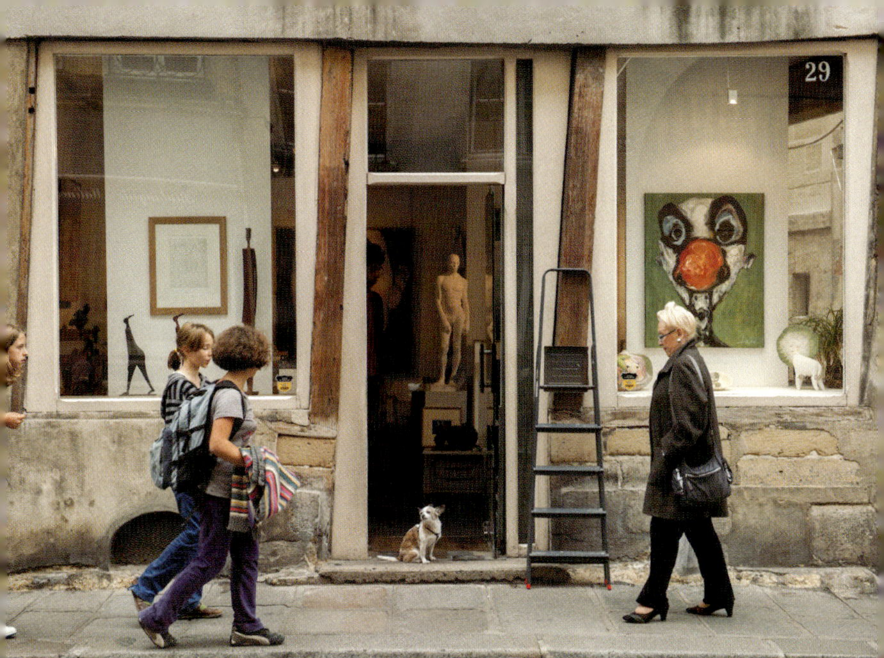
29

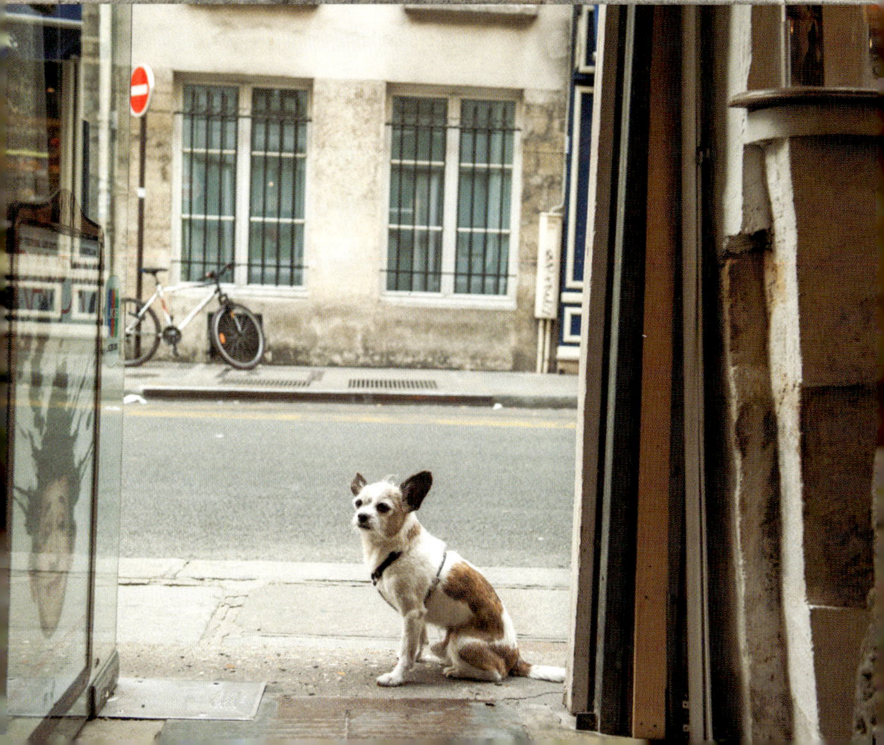

虽说是人气王,但我已经是个老头了。

狗狗品种
吉娃娃犬 × 西施犬
Chihuahua x Shih Tzu

名字 佩克(Peck)

性别 ♂ 年龄 10 岁

之招人喜欢的耳朵特别显眼。

虽然看起来不怎么样（？），但这只酷爱该街道的画廊模特犬其实还登上过美国运通卡（American Express）的广告。

既然如此，想必会有很多艺术家以佩克为主题进行创作吧。

叫我
"卡哇伊"
Appelle-moi "KAWAII"

4ᵉ arrondissement
4区

◉ BHV 商场 餐具贩卖区

在商场的餐具贩卖区，我遇见了一只非常可爱的有着黛眉的狗狗。

问及它"叫什么名字？"之后，主人回答道"它是不是很卡哇伊（可爱呢"。啊，我不是这个意思，它确实很可爱，但是它的名字是……"诶？它就叫卡哇伊（カワイイ，KAWAII）。"

巴黎狗狗卡哇伊的魅力都集中在它天生弯曲的尾巴上。

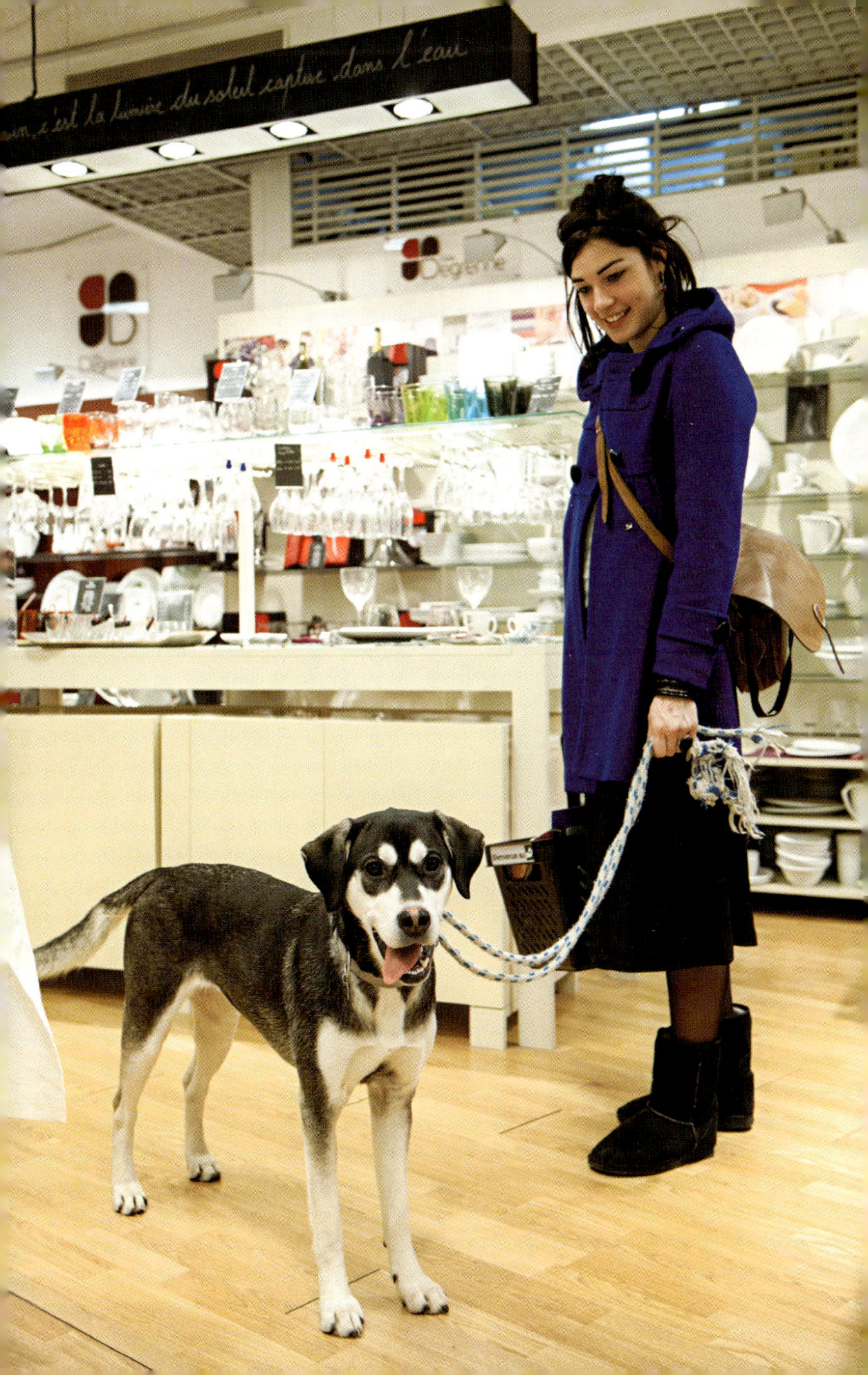
c'est la lumière du soleil captée dans l'eau
Degrenne

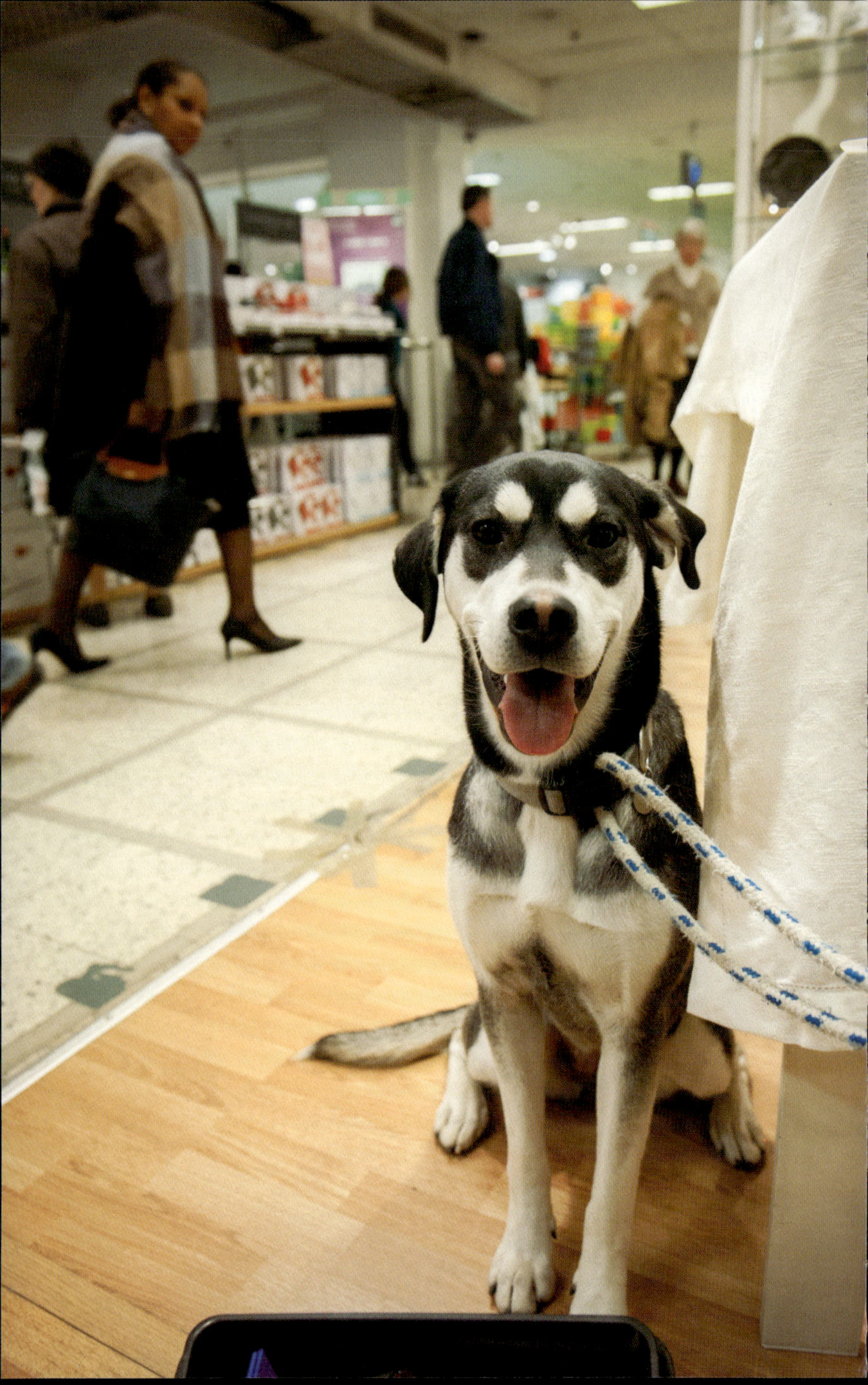

至今为止我也遇到过好几只叫日本名字的狗狗,但通常都是叫"盆栽(ボンサイ)"或是"狸(タヌキ)"之类的,"卡哇伊"这样的名字还是第一次碰到。遇到日本人就会被直呼其名的狗狗卡哇伊完全清楚自己的美貌,露出自信满满的表情。

毕竟卡哇伊是真的很可爱呢。

狗狗品种
**拉布拉多猎犬 ×
西伯利亚哈士奇犬**
Labrador × Siberian Husky
名字 卡哇伊(KAWAII)
性别 ♀ 年龄 1岁

在但丁
　与玛丽亚家
Chez Dante & Maria

10ᵉ arrondissement
10区

📍 Dante & Maria

在店铺角落的专用沙发上打着大大的哈欠说着"欢迎光临"的这只狗狗是饰品店的吉祥物邦迪（Bondy）。

只要有客人到店便会坐到店主身边，自觉地当起小助手。

圣马丁运河沿岸，是铺满石板的步行道。虽然它和塞纳河一样都通游船，但我其实一次都没乘过。

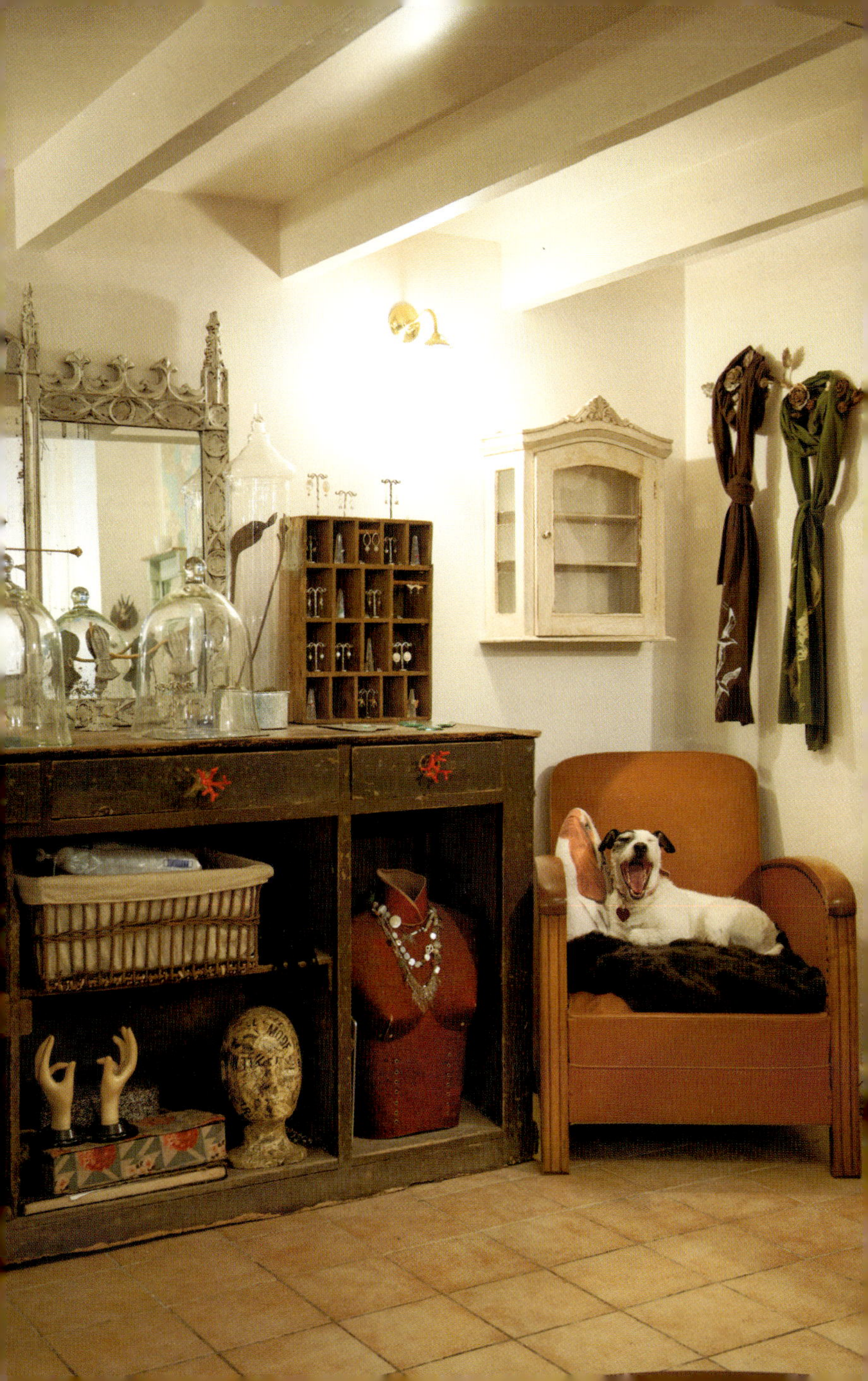

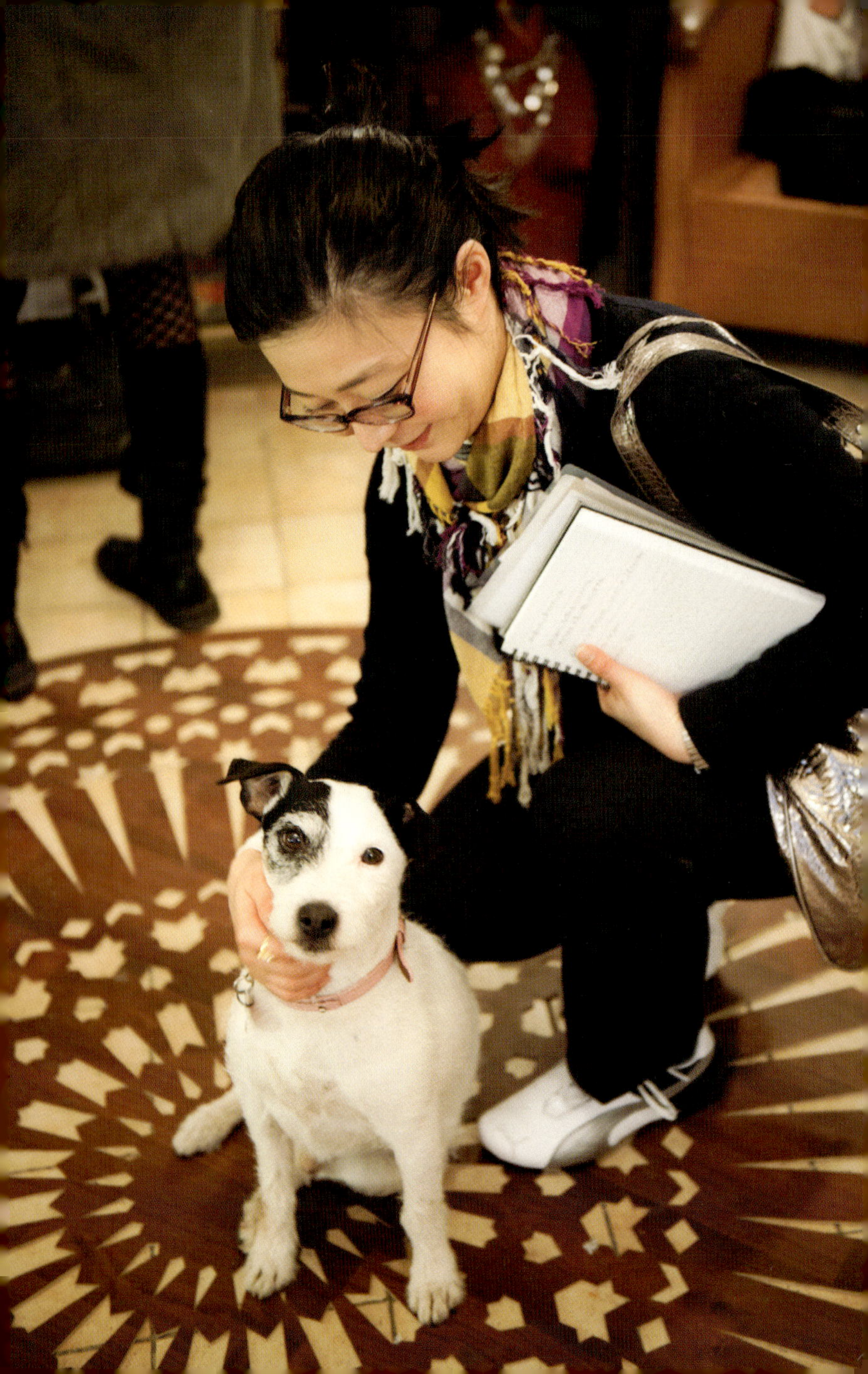

> 这位客人,那枚戒指非常适合您!哦,汪呜……

如果客人拿起合适的项链,它就会"汪"地一声顺势向他们推荐起来(?)。

一直待在店铺中心的邦迪偶尔也会不见踪影。

这时你只要稍作寻找,就会在桌子后面发现它。

现在它正枕在主人的膝上午休。

今天也仍旧是一只幸福的招牌犬呢。

狗狗品种
杰克罗素猃犬
Jack Russell Terrier

名字 邦迪 (Bondy)

性别 ♂　年龄 不明

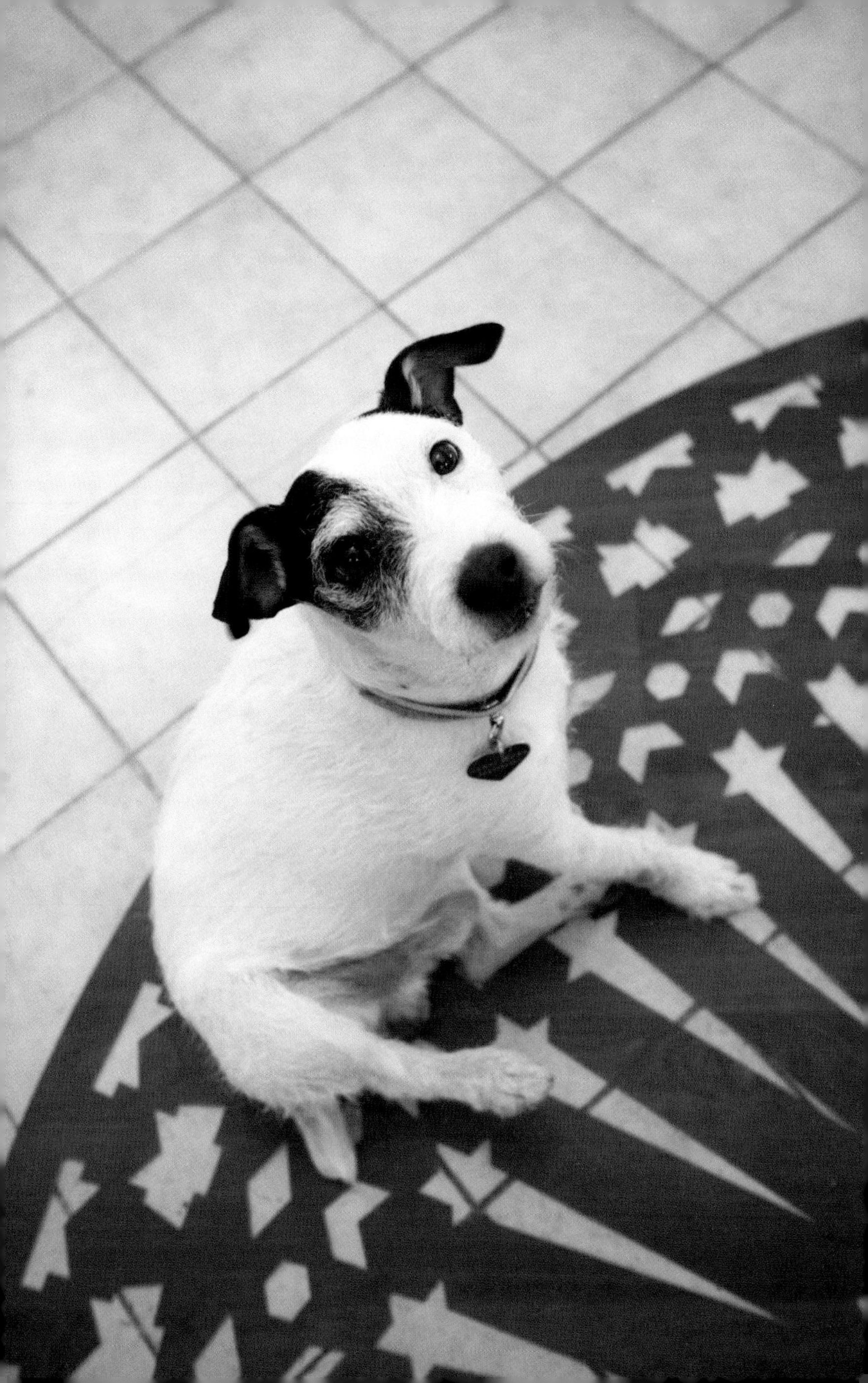

就算差劲
也无所谓

Tu es mignonne parce que tu es laide

10ᵉ arrondissement
10区

◉ 圣马丁运河周边

这是个丑女。（←喂！）但这就是其可爱之处。

内在魅力比"外表"更重要。在法国无论是人类还是狗狗，最差劲的缺点（？）也都是个人魅力的组成部分（根据吉田熊猫的调查结果）。

主人在塞纳河畔的宠物店对狗狗埃拉（Elle）[6]一见倾心，随后便将其作为宠物饲养。

据主人称，它呆呆的（？）又有点顽固，却是全世界最可爱的狗狗。

---
6 法语：她。——译注

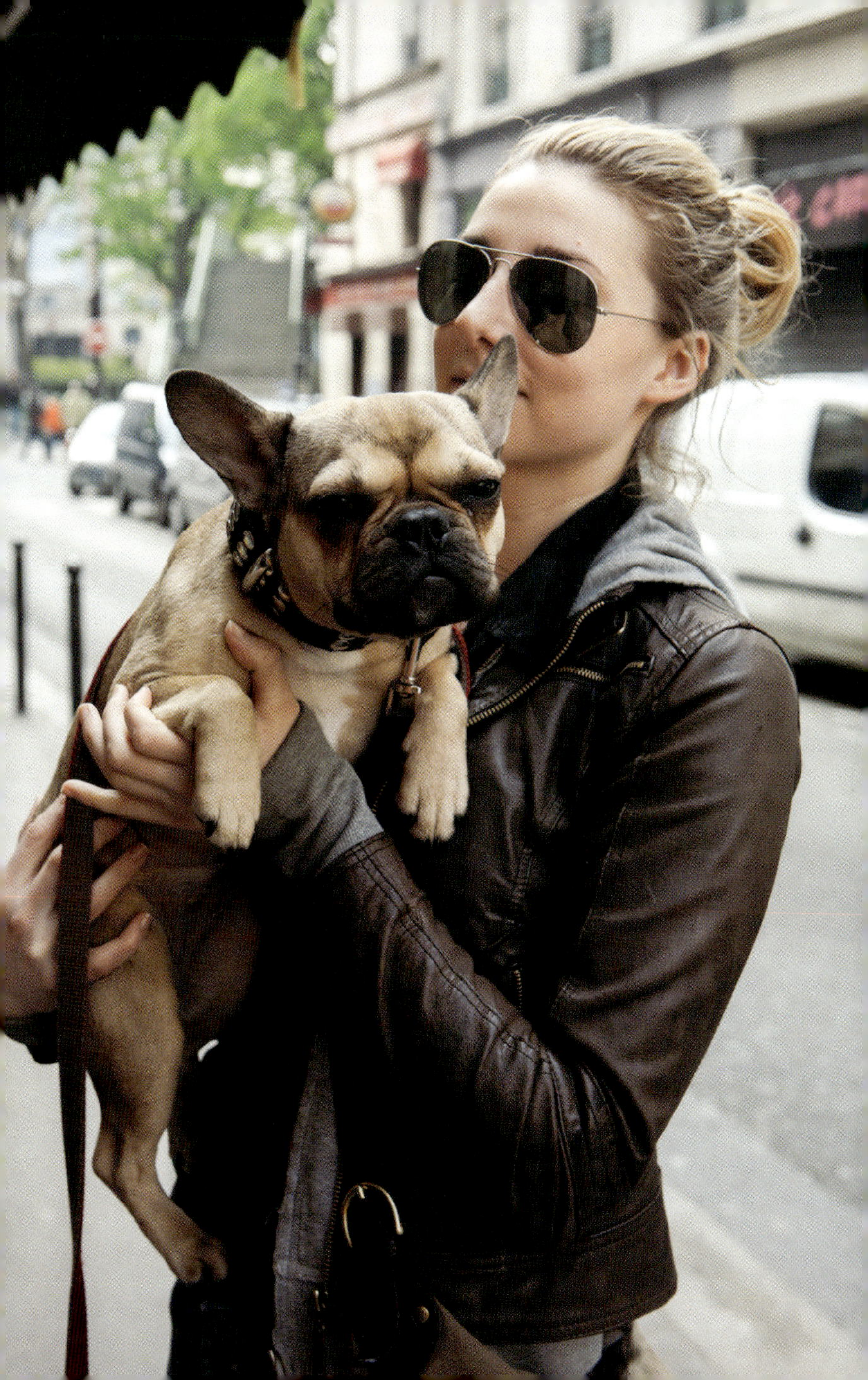

哼唧哼唧

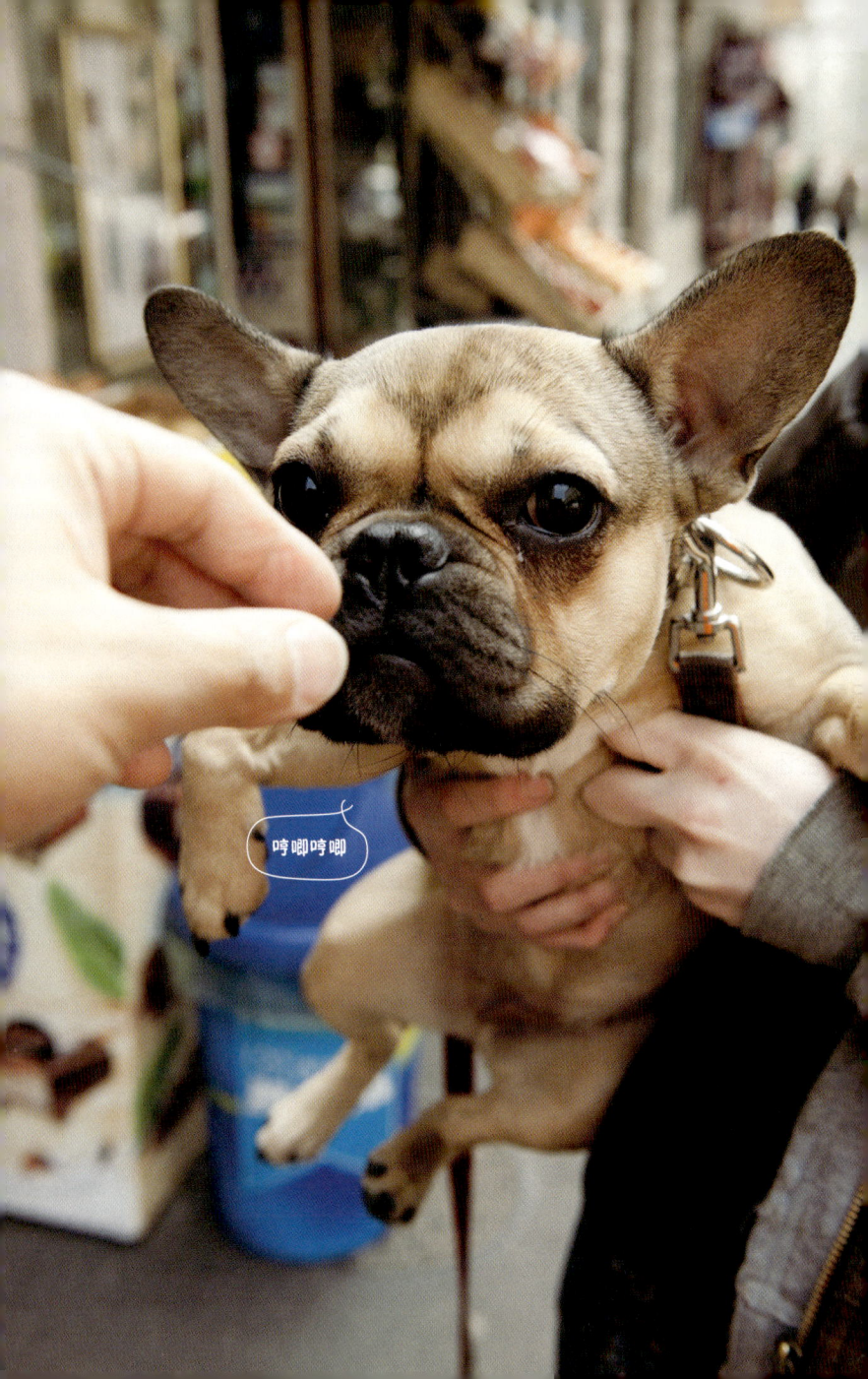

您有事吗?

顺带一提,备受宠爱的埃拉好像很
喜欢"从地上捡东西吃"。

但是这样也不行哦!

不过它还是很可爱啊。

可不要吃坏肚子了哦。

狗狗品种
法国斗牛犬
French Bulldog

名字 埃拉 (Elle)
性别 ♀ 年龄 10个月

风雅
伴身
Toujours "Dandy"

12ᵉ arrondissement
12区

◉ Le Square Trousseau

眺望窗外的身姿淡定又潇洒。

今天当然也要"梳"个黑白相间的发型……

这是必做之事,毕竟它的名字叫丹迪(Dandy)[7]。

丹迪生活在拥有百年以上历史的老牌餐厅内,它是一只杰克罗素㹴犬。

其实它的性格与名字不太相符,是只既爱撒娇又成熟稳重的狗狗。

---

[7] Dandyism 是一种自 18 世纪晚期于英国兴起的时尚主义,意指极度注重打扮修饰、言语雅致得体、兴趣爱好高雅的时髦男性,这一群体被称作 dandy。Dandy 通常来自中产阶级。词源不明。——译注

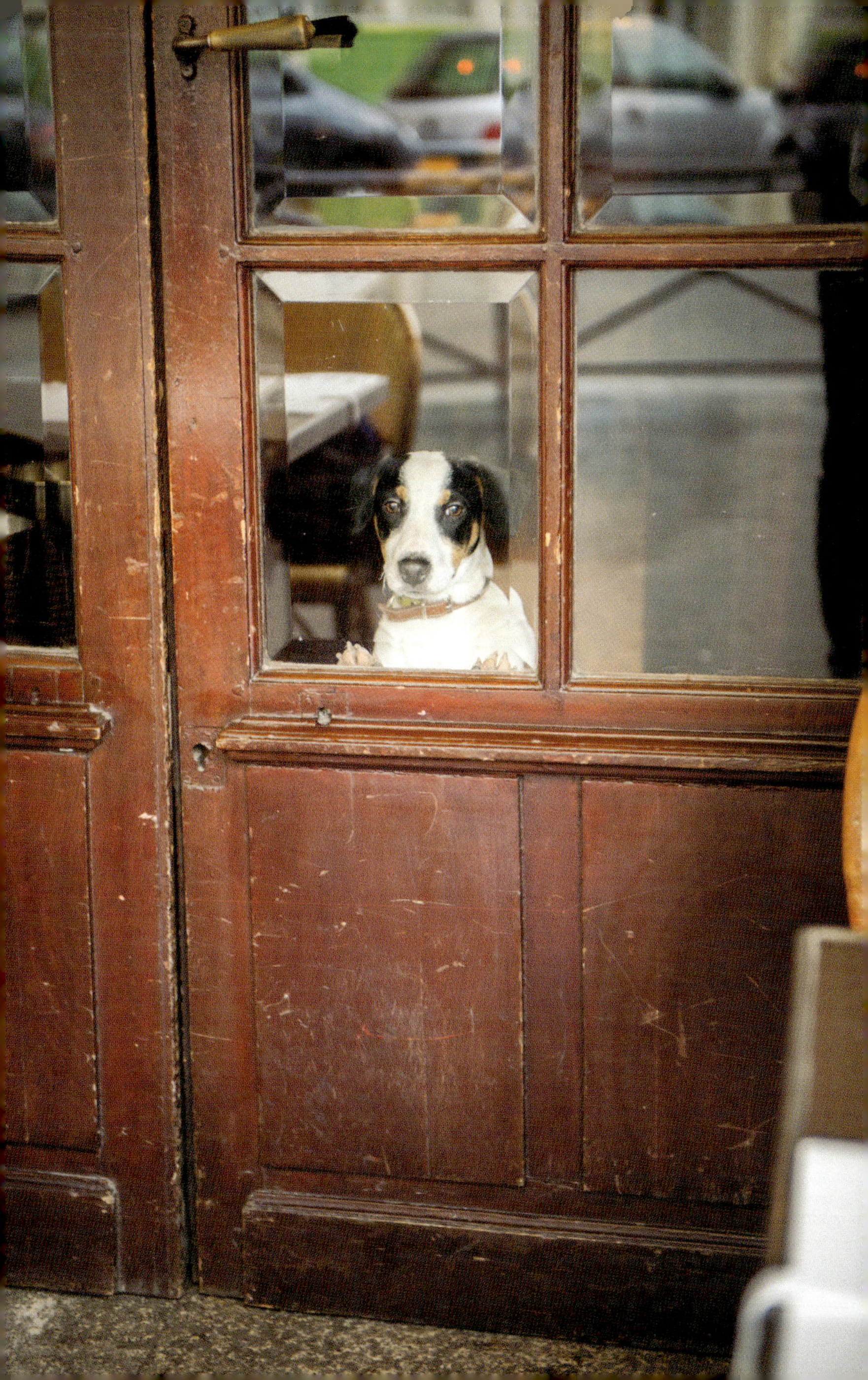

狗狗品种
杰克罗素㹴犬
Jack Russell Terrier
名字 丹迪 (Dandy)
性别 ♂ 年龄 1 岁

丹迪立志成为一位风雅的巴黎绅士（parisien）。

要在老牌餐厅里进修成为 Dandy 哦，加油。

就算被丢在收银台旁也一动不动。"我不会在有人来帮我之前动弹的。"丹迪通常很佛系。

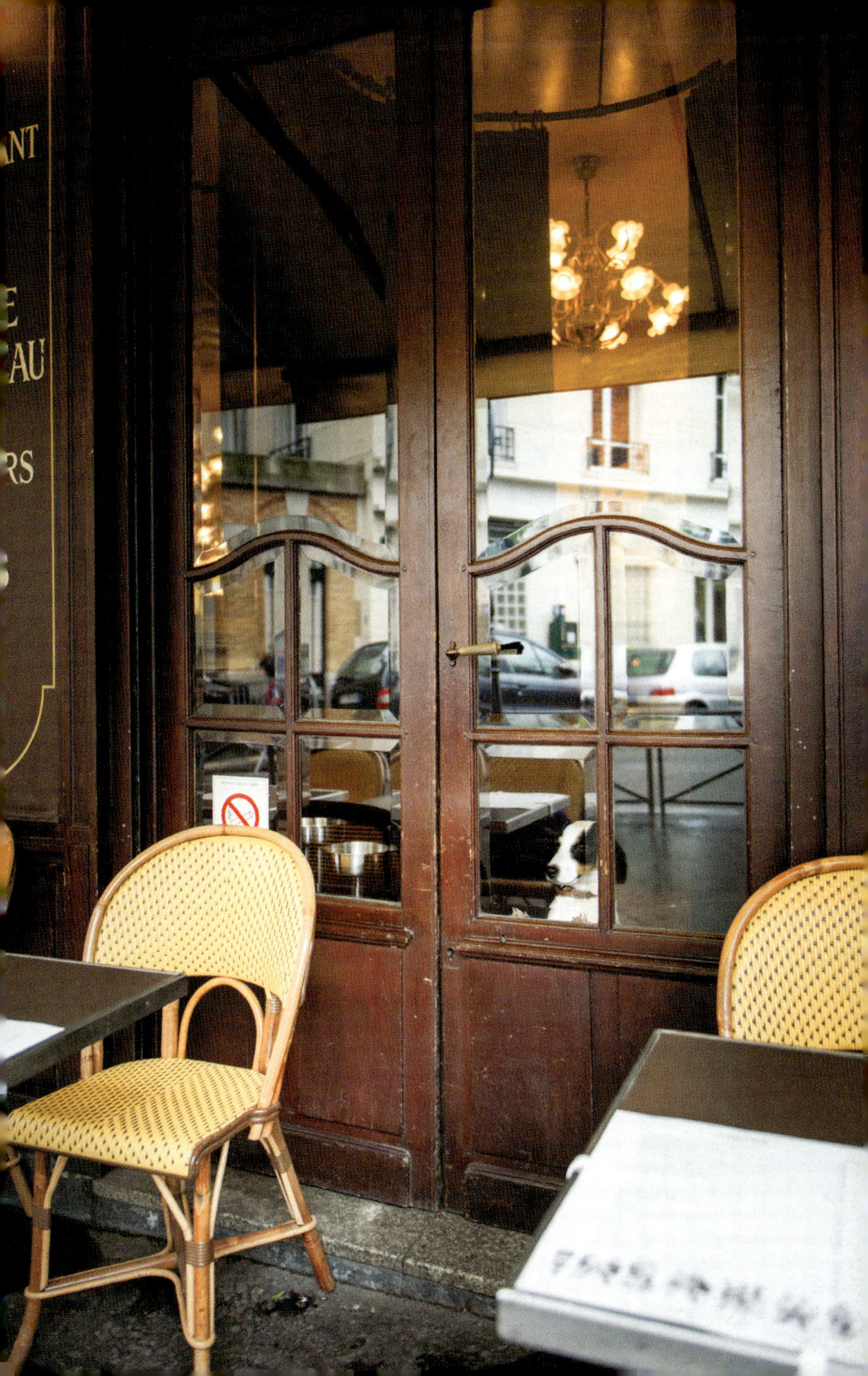

差不多能放开我了吧——

由于是家族经营的餐厅，因此在休息时间里都是孩子们追着丹迪跑。即使再成熟稳重的丹迪也只得投降。

每天都要和奶奶一块儿散步。

被抱抱的时候腿会竖直垂下。这个姿势当然也是 Dandy 必备。

Dandy, mascotte du restaurant
丹迪，餐厅的吉祥物

蜡烛和菜单上也都绘有丹迪的插画。

101

巴黎的遛狗场
"Dog Run" à Paris

16ᵉ arrondissement
16区

📍 Ranelagh 公园

虽然巴黎是狗狗天堂,但出人意料的是许多公园都不能带狗。

因此,可以带着狗狗聚集玩耍又不带围栏的草坪便应运而生了。

这个位于 16 区的的 Ranelagh 公园便是其一。

和主人正在追逐嬉戏的这只狗狗是名叫阿尔托(Alto)的骑士查理王猎犬。

"在大冬天给它把毛剪短是因为要和它一起睡在床上。"主人如是说。虽然这样不利于做规矩,但其实在家我也是和红豆一起睡的。冬天它暖暖的像个汤婆子。

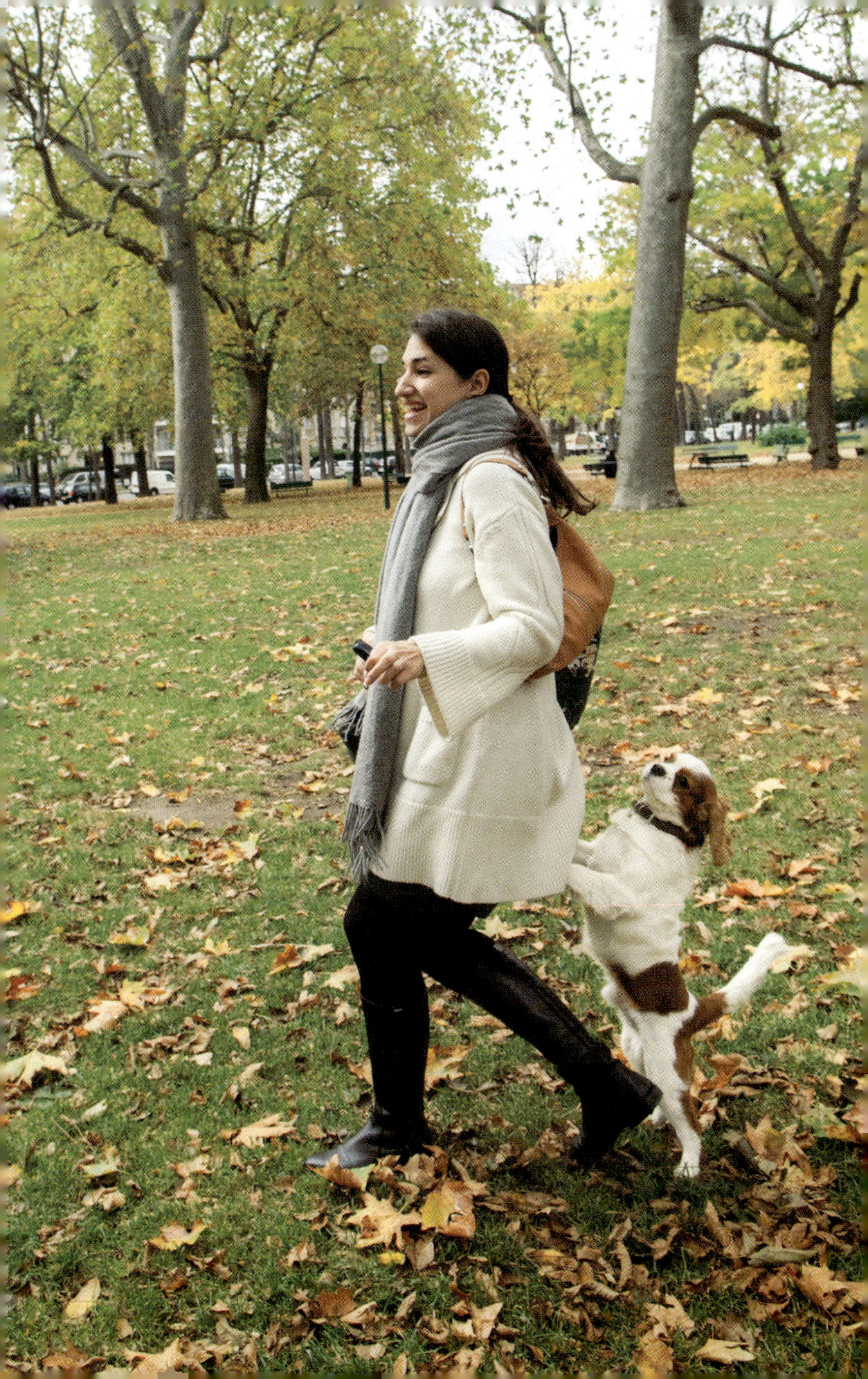

它的喜好是被抱抱、金枪鱼和吉娃娃（？）。

主人在吃寿司的时候它会在一旁吃金枪鱼什么的。

当然肯定是不要放芥末的吧？

给我金枪鱼。

狗狗品种
骑士查理王猎犬
Cavalier King Charles Spaniel
名字 阿尔托 (Alto)
性别 ♂　年龄 不明

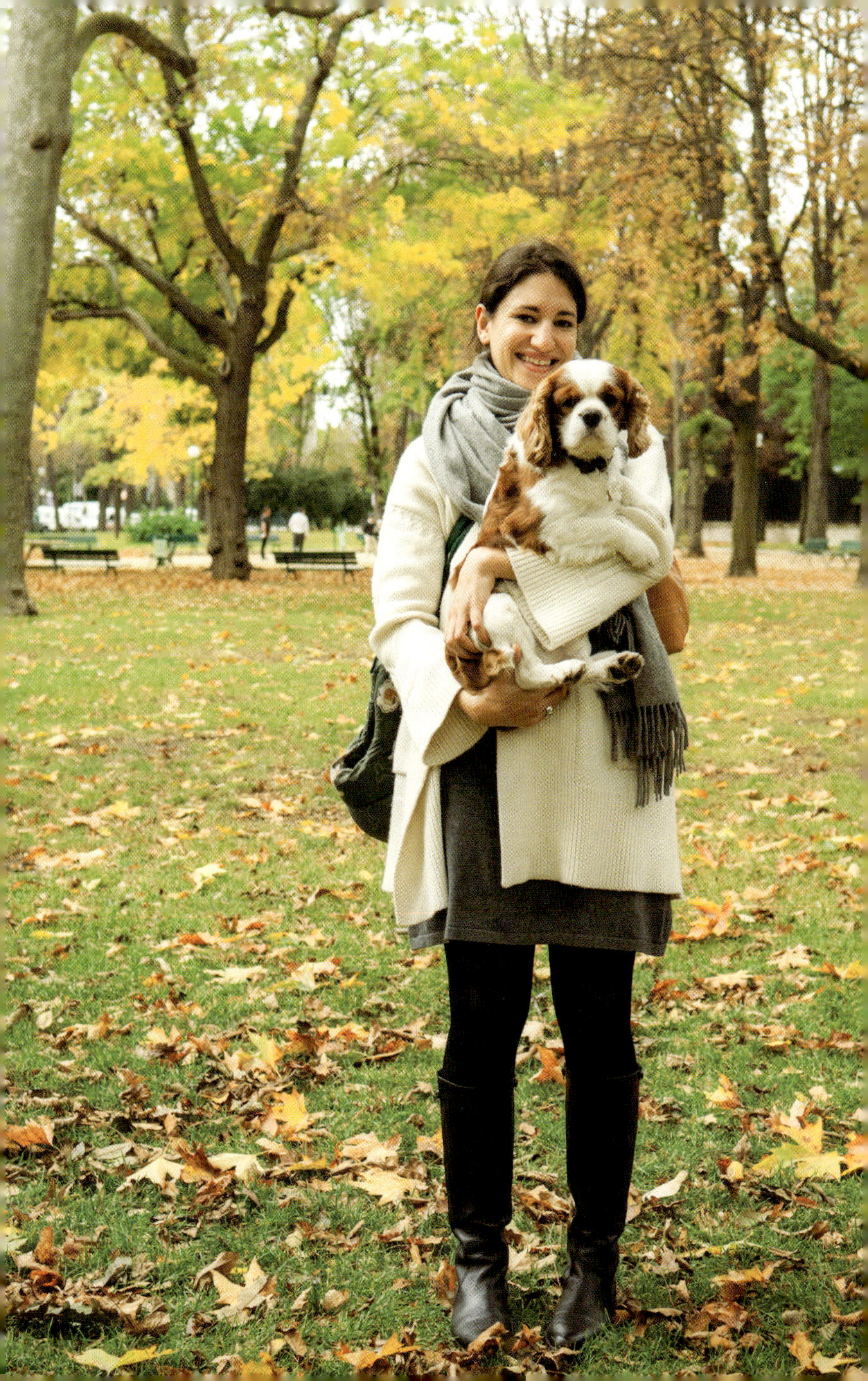

蒙马特的
蒙马特人
Voilà, ils sont Montmartrois

● 蒙马特

18ᵉ arrondissement
18区

我的一位老友曾这样描述蒙马特：住在蒙马特的男性自称为 Monmartrois（女性自称为 Monmartroise），这是蒙马特人认为自己有别于巴黎人的一种矜持。

与其他地方相比，蒙马特富有人情味，艺术气息也更为浓厚，还留存着旧日好时光的余韵。

我不禁瞥见了那样一派"村落"光景。

狗狗品种
边境牧羊犬
Border Collie Spaniel

名字 比科 (Pico)

性别 ♂　年龄 1 岁半

朋友曾有一次把它寄养在她这里,之后就顺势跟她说"这狗我不要了",于是她就开始饲养这只狗了。那么可爱的狗狗居然就不要了。下次务必也请把狗狗寄养到我家来。

一直望着我的是叫做比科（Pico）的蒙马特"人"边境牧羊犬。
比起艺术抑或矜持，它还是更爱玩，毕竟才一岁半。
来，握个手。

我要玩~！

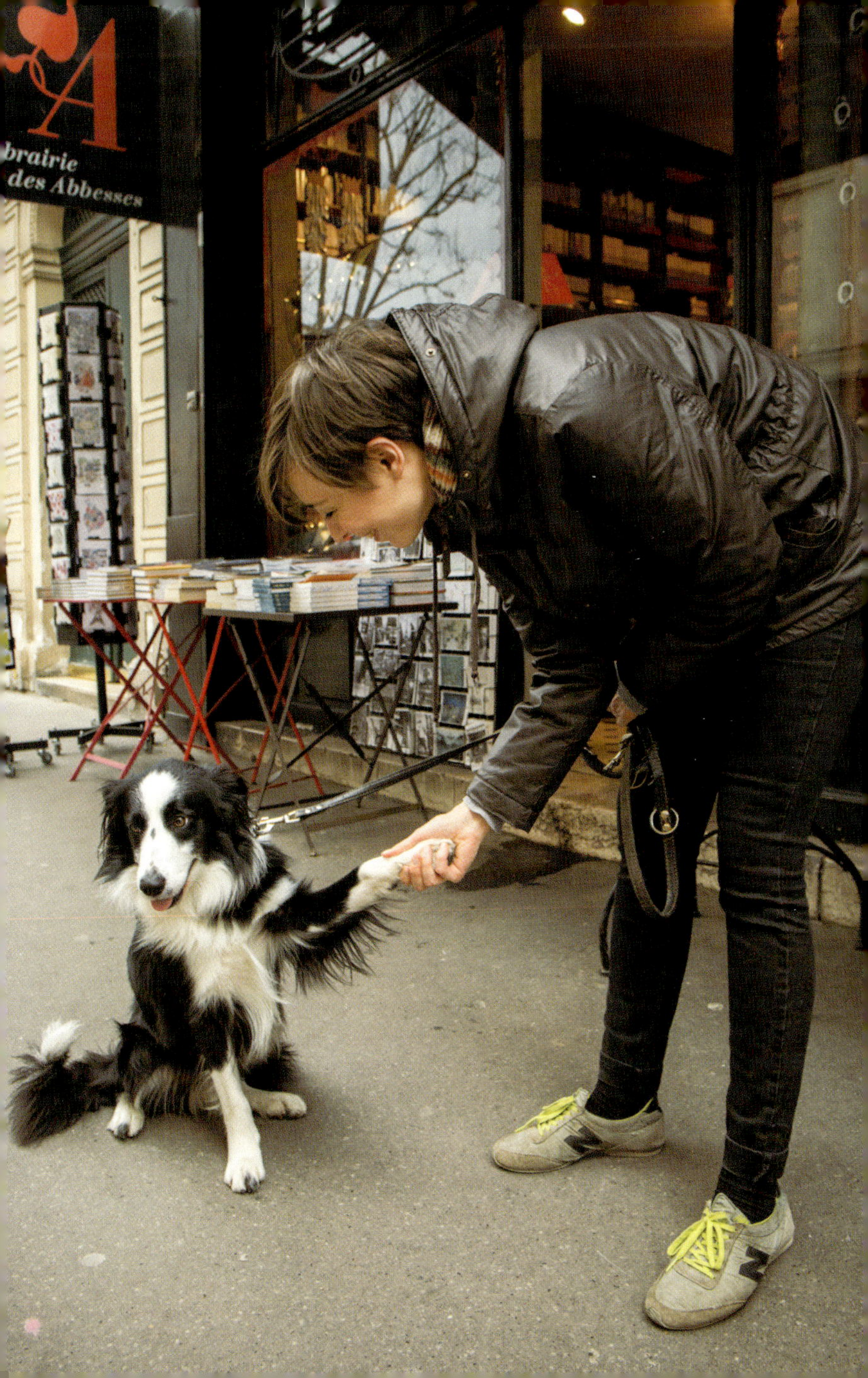
A
brairie
des Abbesses

Non, non, non, non!

Non, non, non, non!

18ᵉ arrondissement
18区

📍拉马克—戈兰古站（Lamarck – Caulaincourt）附近某咖啡馆

我在蒙马特的地铁站附近邂逅了这只斗牛㹴里德尔（Riddle）。虽然外形看着挺大只，但其实它可是个正宗的（？）三个月大的婴儿呢。

也许是牙还没换好，它还是改不掉喜欢轻咬主人的习惯。"没关系的，这孩子很聪明，只要对他说四次 Non[8] 就会停手的。"主人说道。

只要伸出手，里德尔立马就会过来"啊呜"一口咬住你。

"里德尔，Non, non, non, non!"

---
8 法语：不。——译注

它可爱到能把咖啡馆里的客人都聚集在身边。里德尔边待在主人怀抱中,边物色着下一个猎物(?)……

狗狗品种
斗牛㹴犬
Bull Terrier

名字 **里德尔 (Riddle)**
性别 ♂ 年龄 **3 个月**

好，你完全没有松口的打算吧。毕竟你还是个宝宝（bébé），也是没办法，让你轻咬一会儿还是没问题的……

但是好痛啊……还是松口吧。

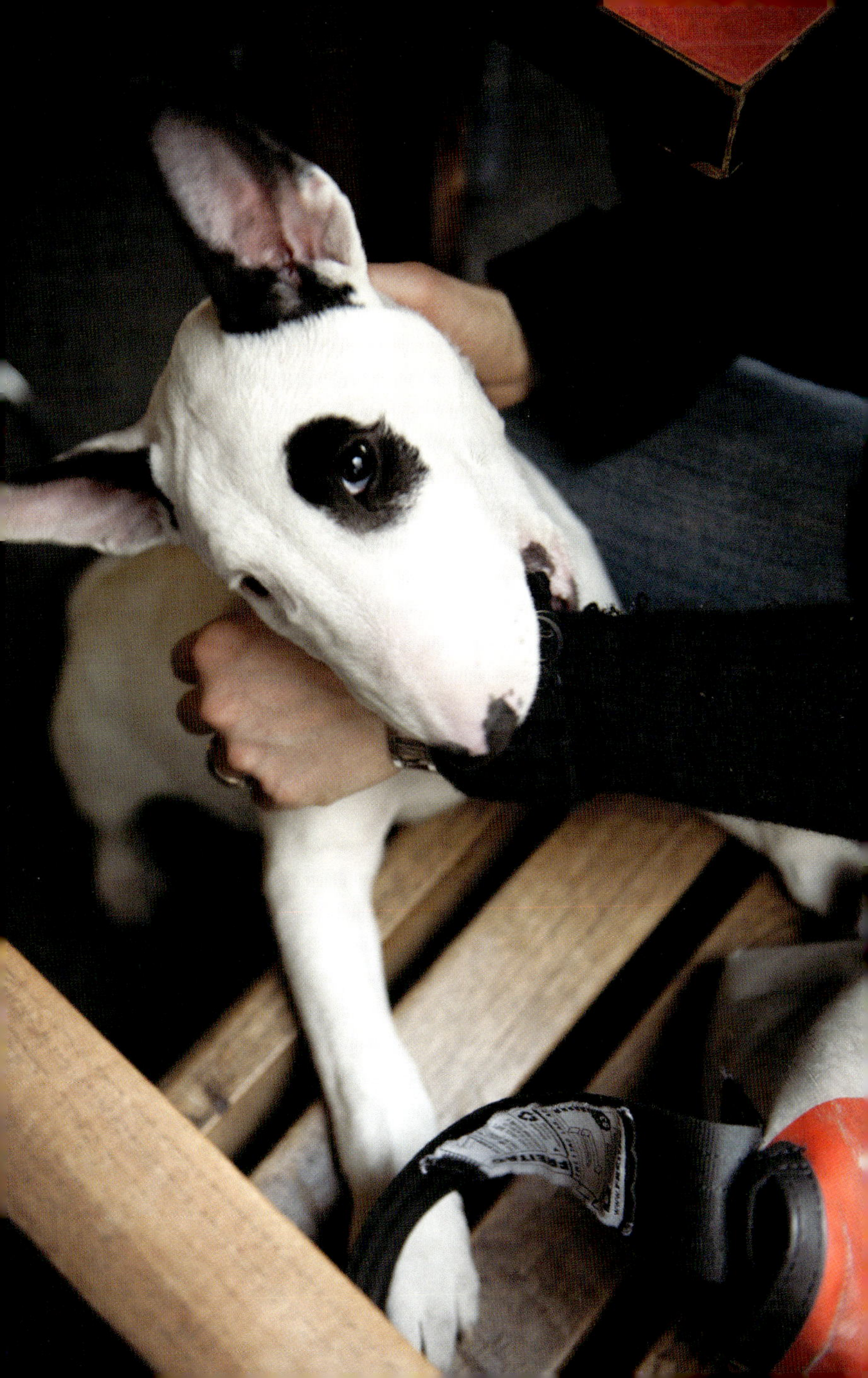

18ᵉ arrondissement
18区

要是不陪我玩，
我是不会
　　　放过你的
Je ne te laisse pas, si tu ne joues pas avec moi!

● 某精品买手店

某天早上我去蒙马特为 *FIGARO Paris* 拍摄特辑的时候，在一家买手料品店偶遇了曾拍摄过《天使爱美丽》等电影的导演让 - 皮埃尔·热内（Jean-Pierre Jeunet）的夫人，及其爱犬斯潘塞（Spencer）。这位斯潘塞同学有一个癖好，那就是一旦发现对方对自己感兴趣，就会立马摆比一副"这家伙绝对能陪我玩"的架势飞扑过去。

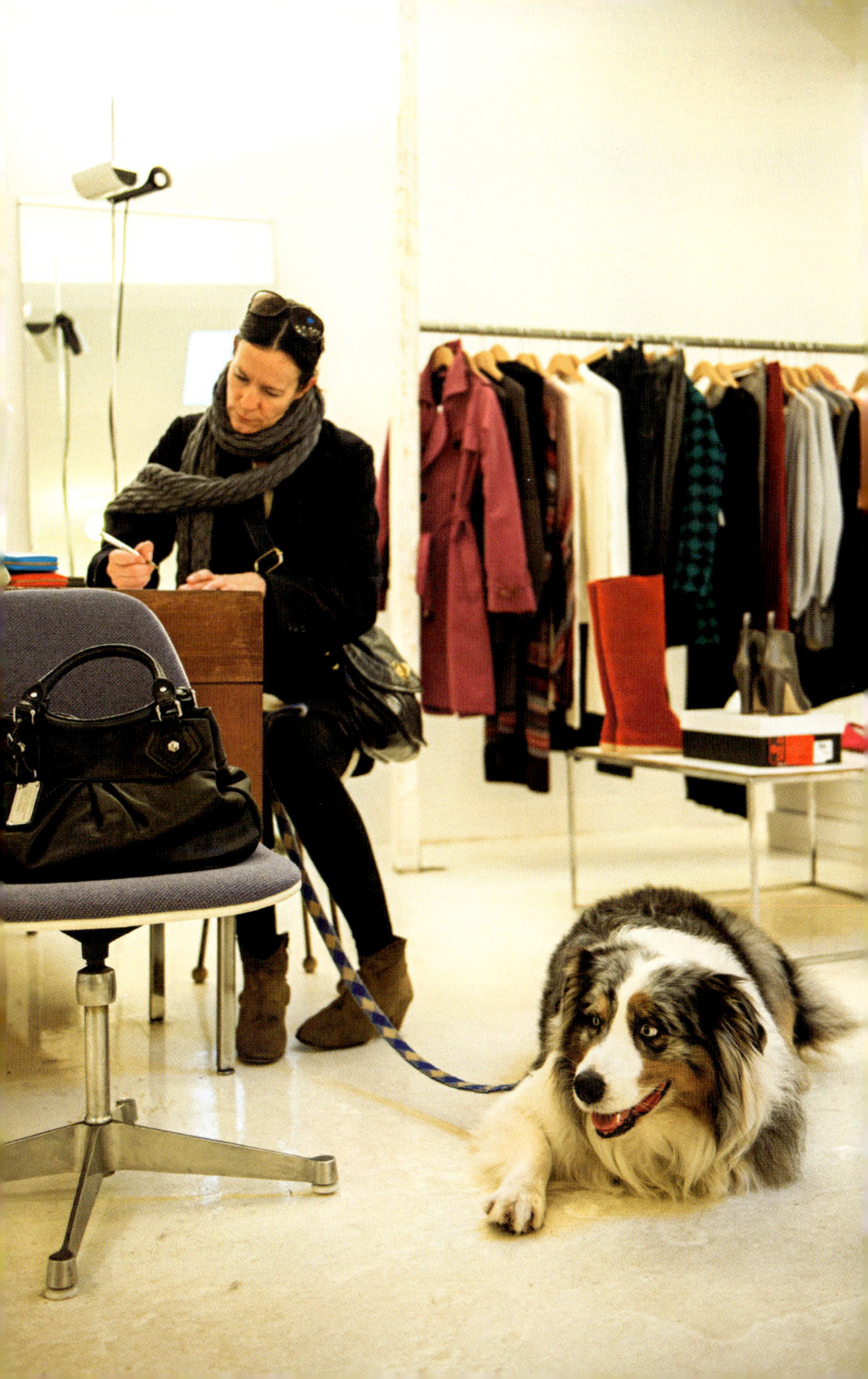

即使我一点一点悄悄靠近，这只聪明的狗狗也会因为快门声而很快注意到我。

这里没人哦，这里谁都没有哦。←（完全暴露）

嗯~？刚才是不是有"咔嚓"的声音啊~

狗狗品种
澳大利亚牧羊犬
Australian Shepherd

名字 **斯潘塞 (Spencer)**

性别 ♂ 年龄 **5 岁**

毛色非常漂亮的斯潘塞即使5岁了仍旧那么调皮捣蛋。它的"陪我玩模式"一旦开启，虽令人欣喜，但更意味着——累人。

在蒙马特午睡

Une sieste à Montmartre

18ᵉ arrondissement
18区

📍 勒皮柯（Lepic）街

夕阳西下时的蒙马特地区对人类而言是开胃酒的时光，对于狗狗而言可能就是午睡的时光吧。

只顾在主人怀里边叹着"好困叭嗝～"边打瞌睡的这只狗狗叫佩妮（Penny），是从比利时来这里度假的巴哥犬。"它的技能就是在哪儿都能睡着。"

巴黎的餐厅基本上都能带狗，能与主人一直待在一块儿对于狗狗来说真可谓天堂啊。

横卧在路边的拉布拉多。本以为是这桌客人带来的狗狗，没想到其实是咖啡店饲养的。

狗狗品种	
巴哥犬 Pug	
名字	佩妮 (Penny)
性别 ♀	年龄 1岁半

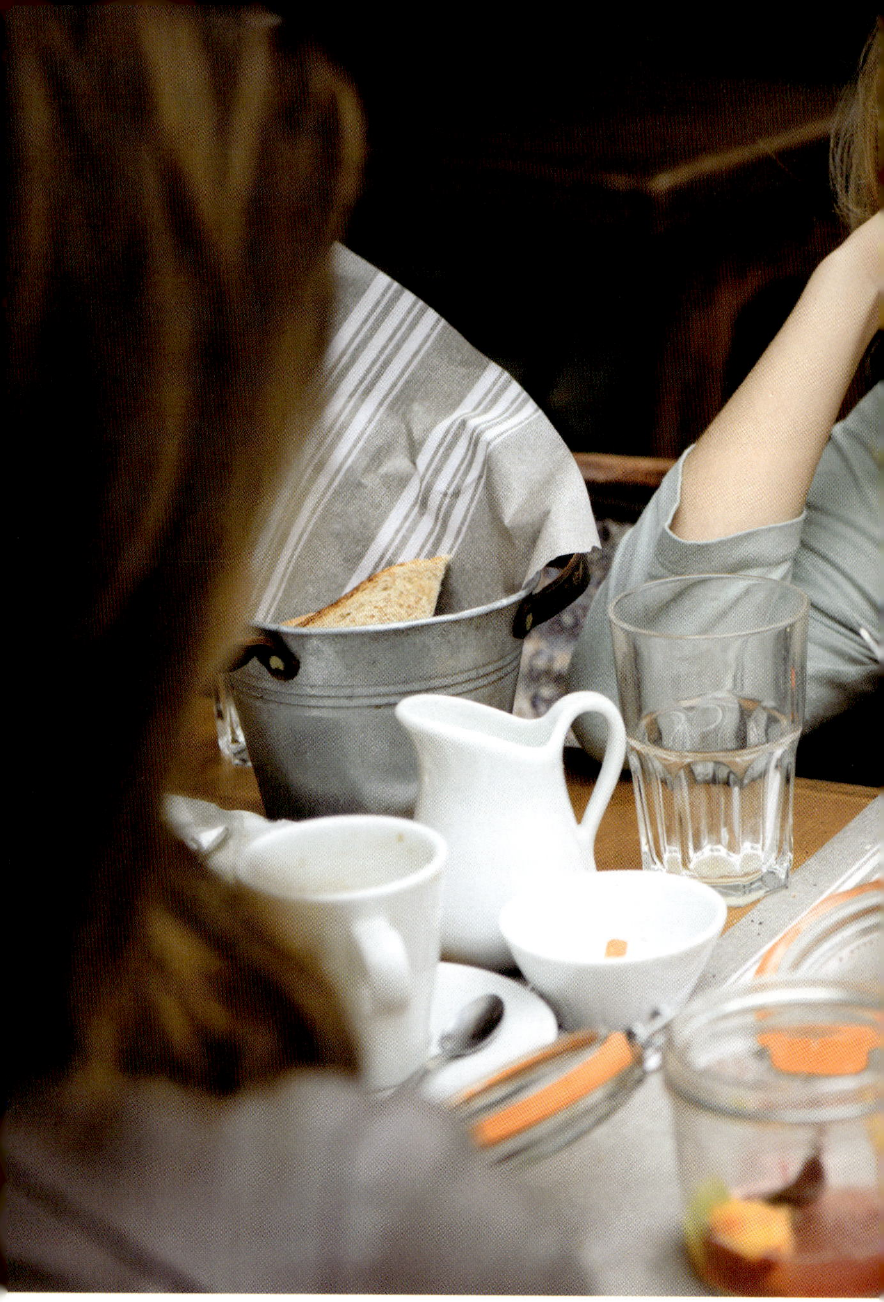

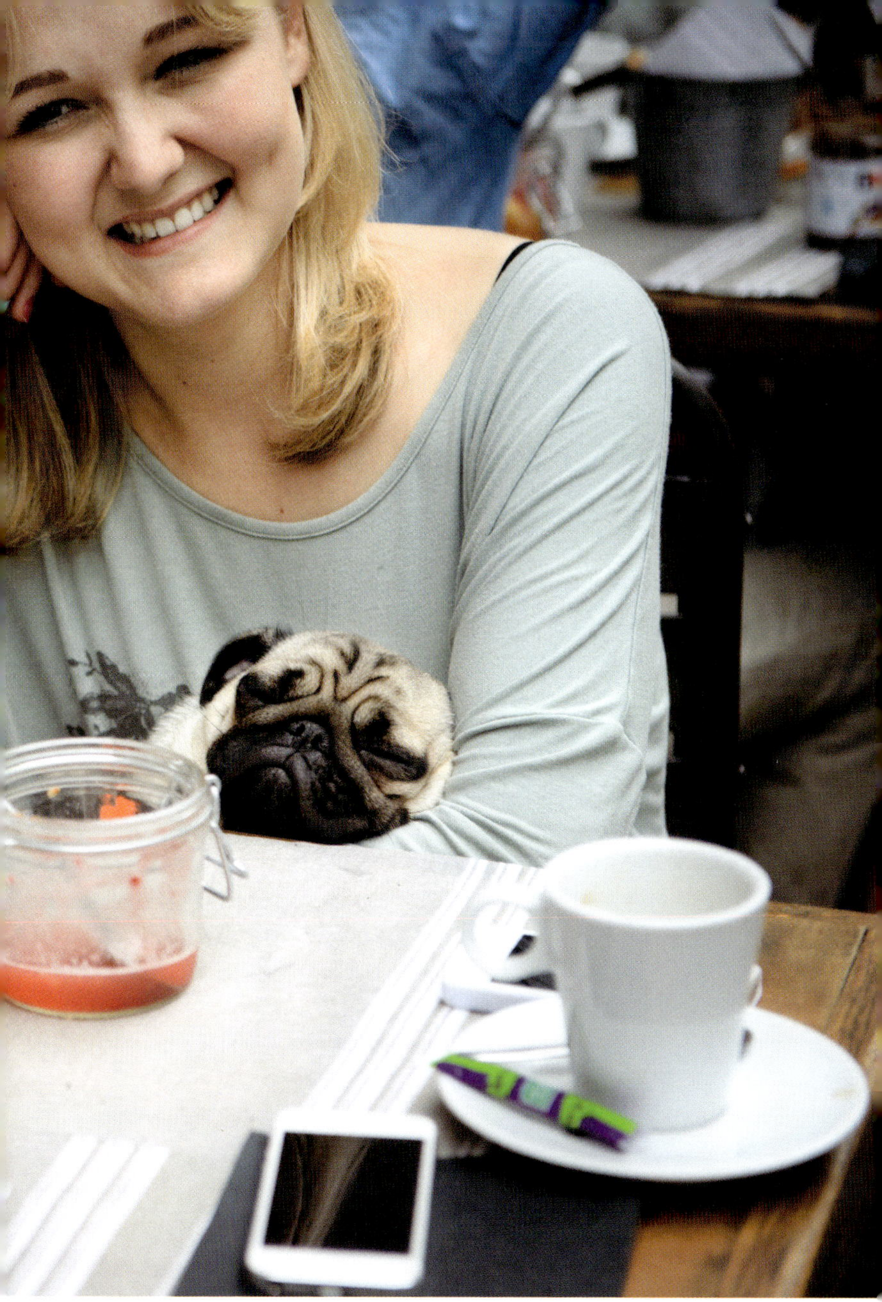

巴黎狗狗日记 LE JOURNAL DE CHIEN À PARIS

COLUMN 1

Un beau jour d'Aduki
黑狗狗红豆的一天

巴黎的下午茶日常

咖啡馆与黑狗
Café et chien noir

巴黎的代名词应该就是咖啡馆了。无论哪家咖啡馆都能带狗狗入内。不管在露台上还是在店内，狗狗们都习以为常地乖乖待在主人身边。令人不可思议的是，每只狗狗都是如此有教养。给它们喂食时不会疯抢，也不会与其他狗狗喧闹打架。咖啡馆可谓是狗狗的社交场所，想必一定会有一些狗狗教导另一些要"做个乖孩子哦"。一会儿我来问问红豆是不是这样吧。

① 在椅子上向你问好。你要跟我一起喝茶吗？
② "坐在椅子上好无聊，我还是下去吧。"
③ "我不会自己走的，要装在包里才能出行。"

④ "我只要牛奶就行了。"
⑤ 在桌子底下等剩菜吃。
⑥ 咖啡馆也是狗狗的社交场所哦。
⑦ 阳光明媚的午后适合在露台上休憩。
⑧ "话说,我点的星鳗小鱼干什么时候上呢?"

① 入口处由水晶做成的树叶在空中飞舞。
② "The Lobby" 大堂全日餐厅。
③ 从蛋糕的另一头投来的目光有些……

奢华酒店里的下午茶时光
L´heure de thé au palace

不仅是咖啡馆，巴黎的酒店、餐厅乃至茶室都对狗狗敞开大门。不过在我们造访著名的半岛酒店（Hotel The Peninsula）时，服务人员不仅为狗狗准备了饮用水，还搬来了床铺，着实令人吃惊不已。我感觉他们对狗狗的服务好像比对人还要周全呢？另外，在巴黎，人们对于狗狗的存在都不足为奇，也算是这座城市的特征吧。这里简直是狗狗的天堂呢。

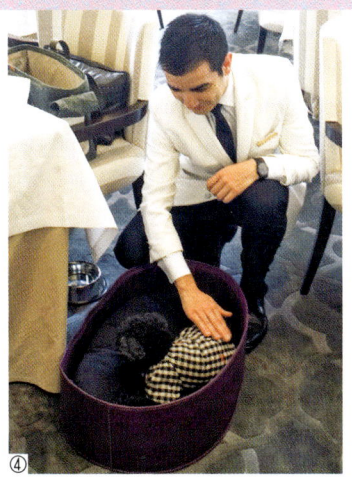

④ 酒店工作人员也很喜欢狗狗。
⑤ 依旧保留着古典风格的天花板。
⑥ "啊，本狗要在这里住一阵。"
⑦ 完全处于放松状态。

用完茶后请给我上菜吧

125

CHAPITRE 2

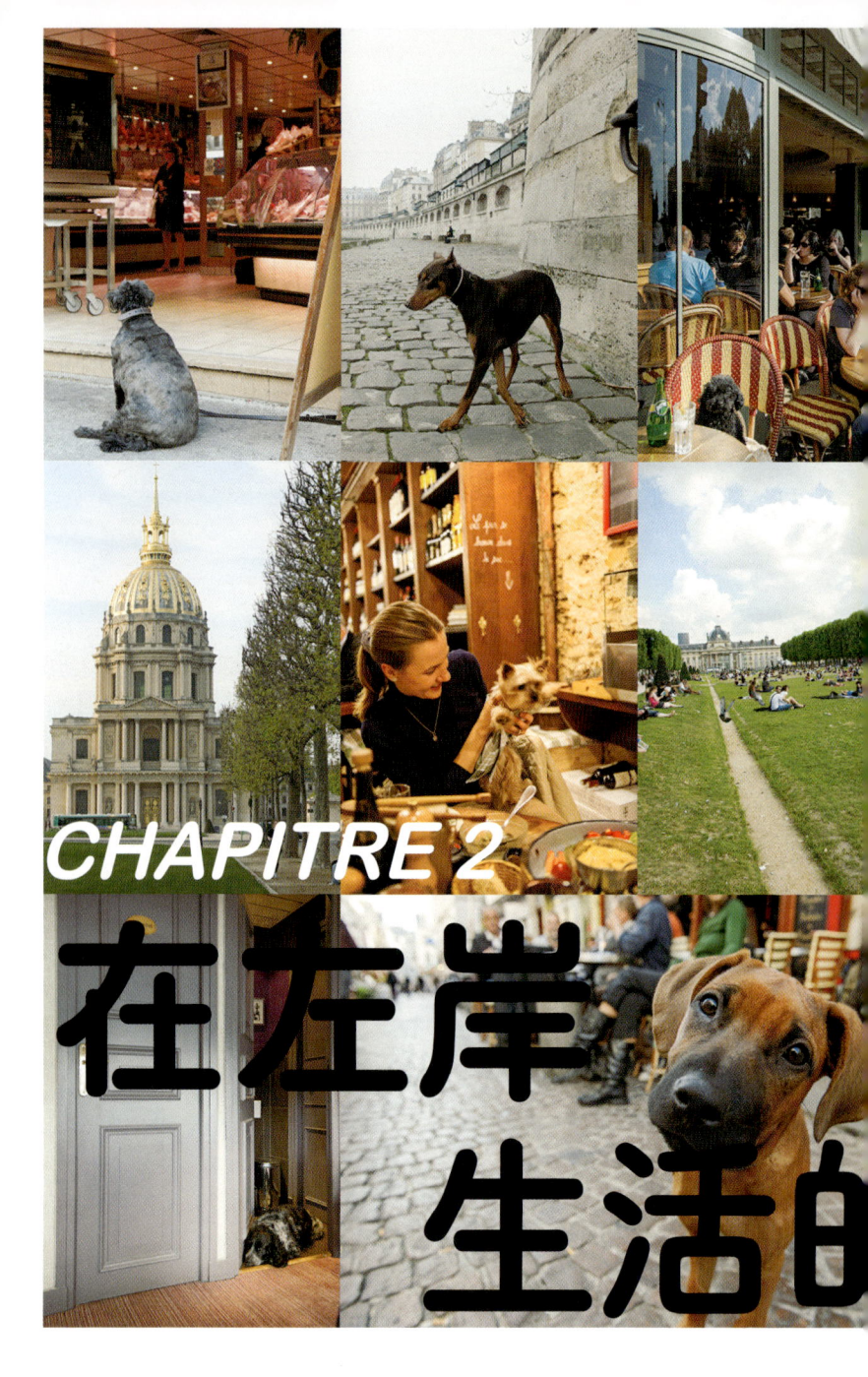

在左岸生活

左岸 Rive Gauche

西尔维亚和科莱特
Sylvia et Colette

◉ 莎士比亚书店（Shakespeare and Company）

这只自说自话挤在客人中间说着"能不能给我吃一口你的三明治呢?"的混血狗狗叫科莱特（Colette）。

这里的客人会坐在店头下下国际象棋，或是坐在长椅上吃吃东西。

> 那个，本狗的写真集……是在哪、哪个书架上呢?

石板小路曲折蜿蜒，面朝巴黎圣母院的路上坐落着这家书店。橱窗里装饰着乌鸦剥制标本，店内昏暗的感觉也很棒。

5ᵉ arrondissement
5区

Paris Wall Newspaper
January 1st 2004

Some people call me the Don Quixote of the Latin Quarter because my head is so far up in the clouds that I can imagine all of us are angels in paradise. And instead of being a bonafide bookseller I am more like a frustrated novelist. Store has rooms like chapters in a novel and the fact is Tolstoi and Doestoyevski are more real to me than my next door neighbors. And even stranger is the fact that even before I was born Dostoyevsky wrote the story of my life in a book called 'The Idiot' and ever since reading it I have been searching for the heroine, a girl called Nastasia Filipovna. One hundred years ago my bookstore was a wine shop hidden from the Seine by an annex of the Hotel Dieu hospital which has since been demolished & replaced by a garden. And further back in the year 1600 our whole building was a monastery called La Maison du Mustier. In medieval times each monastery had a frère lampier whose duty was to light the lamps at nightfall. I have been

店头的桌椅都可供客人们随意使用。而二楼这些堆积如山的书本居然全是用来看的（！），都是非卖品。

狗狗品种
混种犬
Mix
名字 **科莱特 (Colette)**
性别 ♂ 年龄 **2 岁**(推测)

过去常有小说家和诗人下榻于此,使这家英语书专卖店成为传说。柯莱特便在此生活。

我从"狗狗巴黎"连载初始便认识了这位美女西尔维亚,她负责打理书铺,今天携科莱特一起向各位打招呼。

虽然如今的科莱特身体日渐长大,但它还是喜欢睡在小床上,这也使它成为了传奇。

西尔维亚说有东西要给我看,于是我们便来到店外。

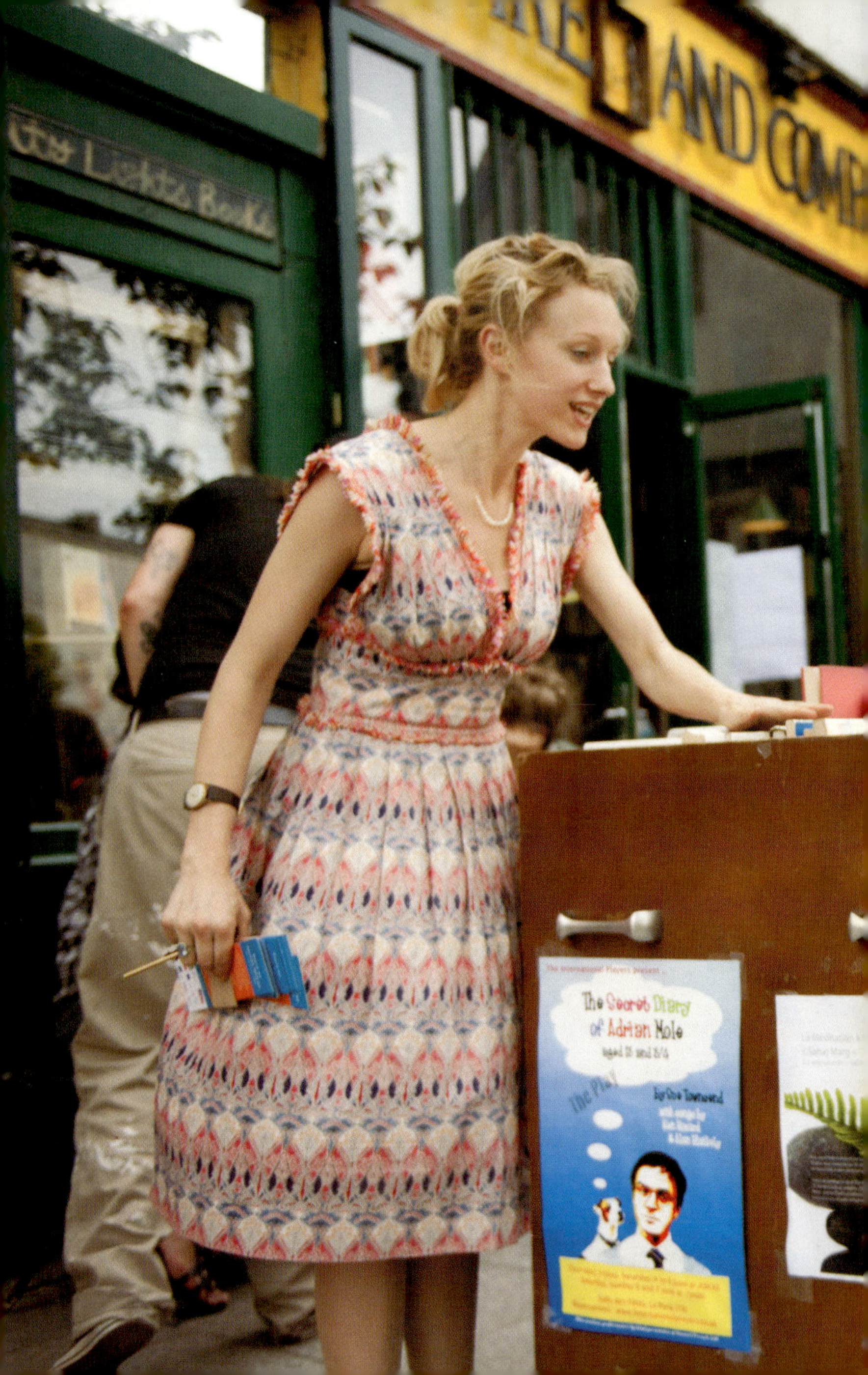

The Secret Diary
of Adrian Mole
The Play

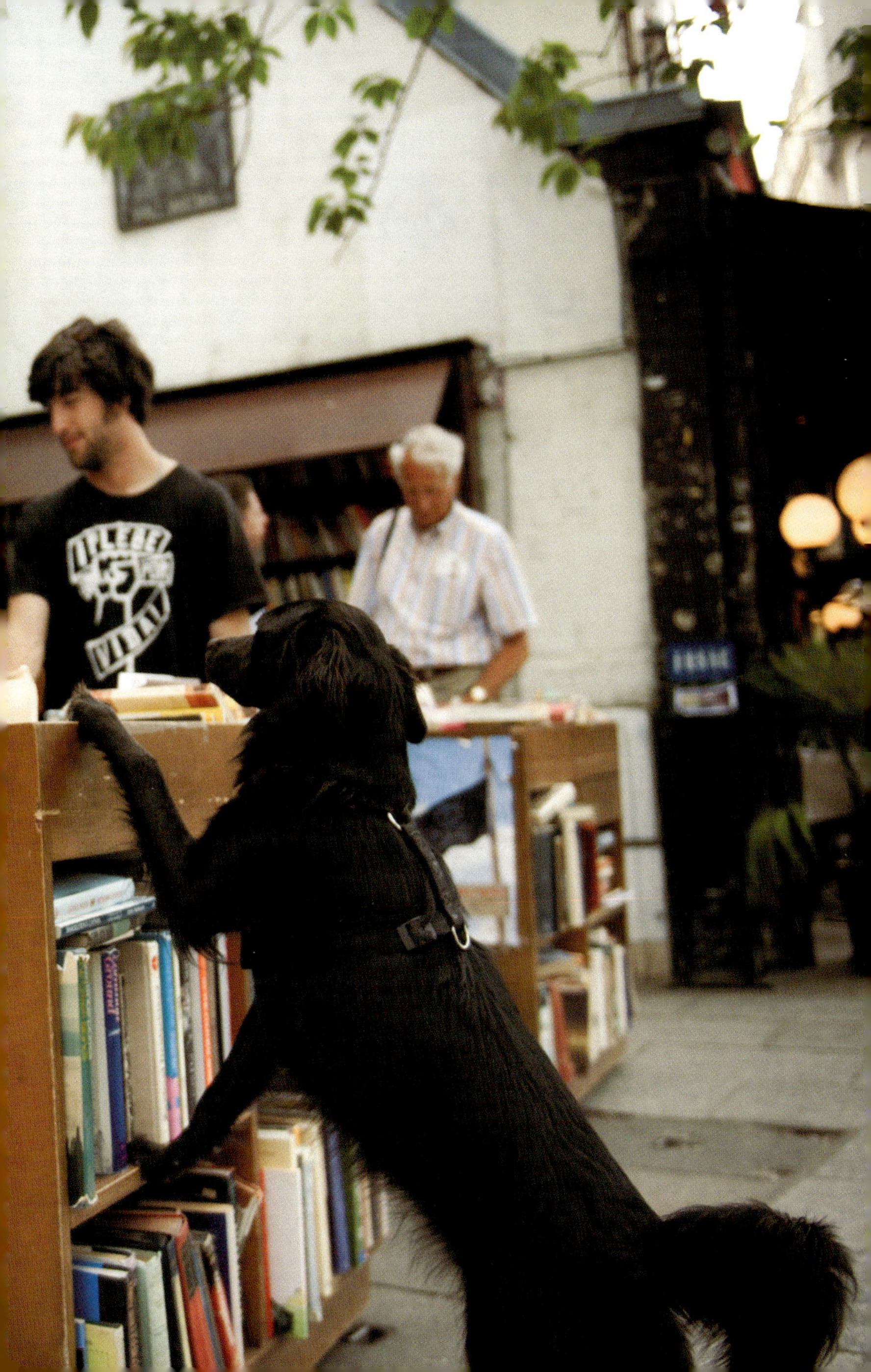

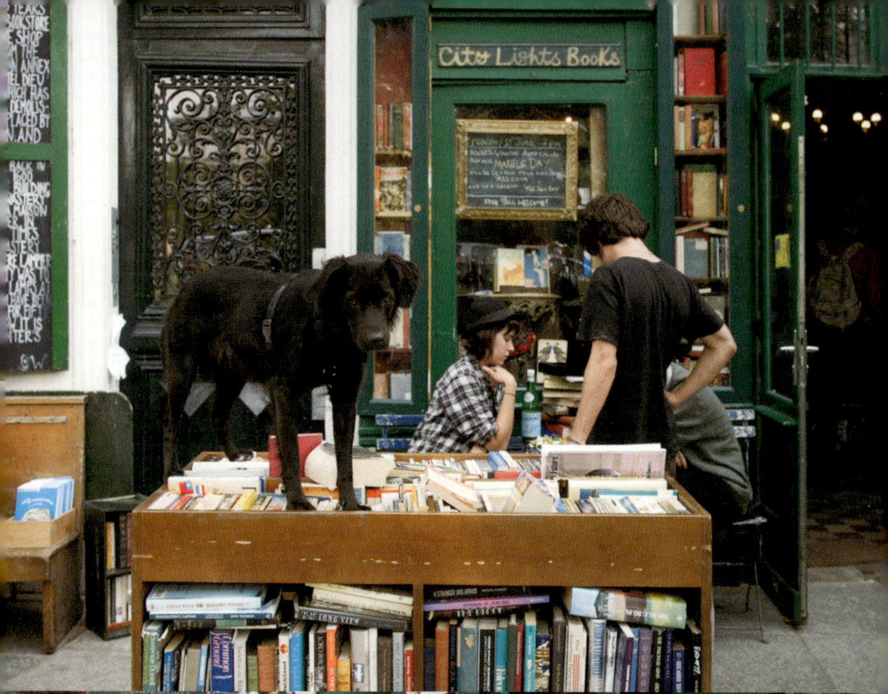
City Lights Books

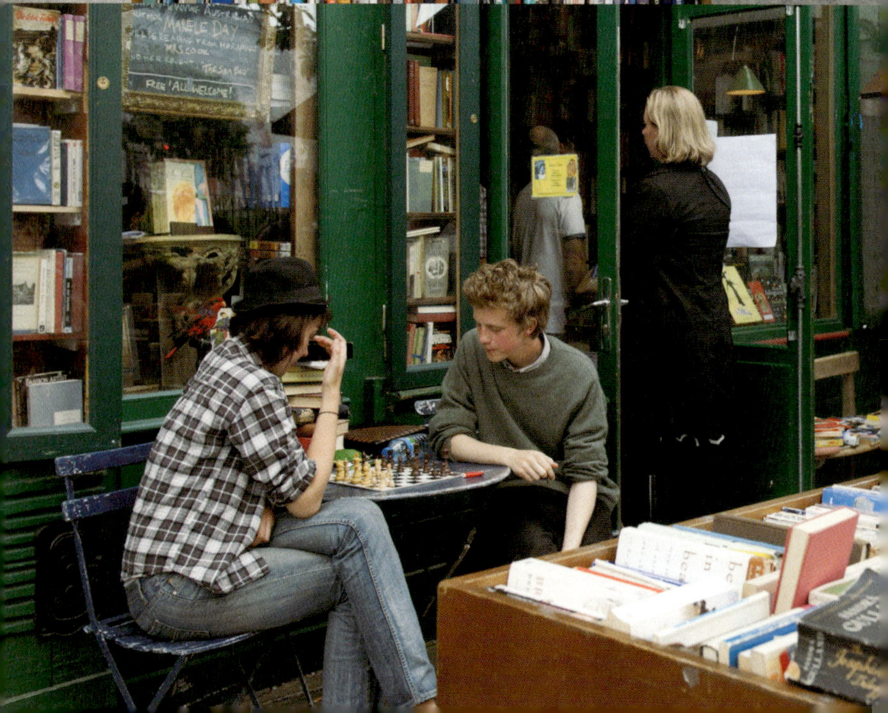
FREE 'ALL WELCOME!'

> 待在书架上真是令人平静啊。

只要向科莱特招呼一声,它就会立马跳上书架。

哎!

狗狗居然会在书架上。

而且正在翻找书的客人似乎也都毫不在意。

即使是在被誉为狗狗天堂的巴黎,这样的夸张行为也是会被载入史册的哦,科莱特!

帽子店的
招牌女店员
Une vendeuse charmante à la chapellerie

6ᵉ arrondissement
6区

● 塞夫尔—巴比伦站（Sèvres-Babylone）附近

途经一家帽子店，在店门口坐着的是一只用四肢行走的可爱巴黎女子特蕾莎（Thérèse）。

为了请它配合"狗狗巴黎"的拍摄，我还拿出了利诱它的好物，但它全然不屑一顾。真不愧是巴黎女子。终于用它最爱的小熊玩偶成功吸引了它的注意力，有幸让我拍到了照片。

好，之后你都可以随意咬自己喜欢的东西。

狗狗品种	美国可卡猎犬 American Cocker Spaniel
名字	特蕾莎 (Thérèse)
性别 ♀	年龄 9 岁

"啊，那是我的熊。就算脏了也还是我的最爱。"特蕾莎用眼神对着镜头说道。

Bonjour! Ça va? [9]

不要不要，人家好害羞的

---
9 法语：你好！你过得好吗？——译注

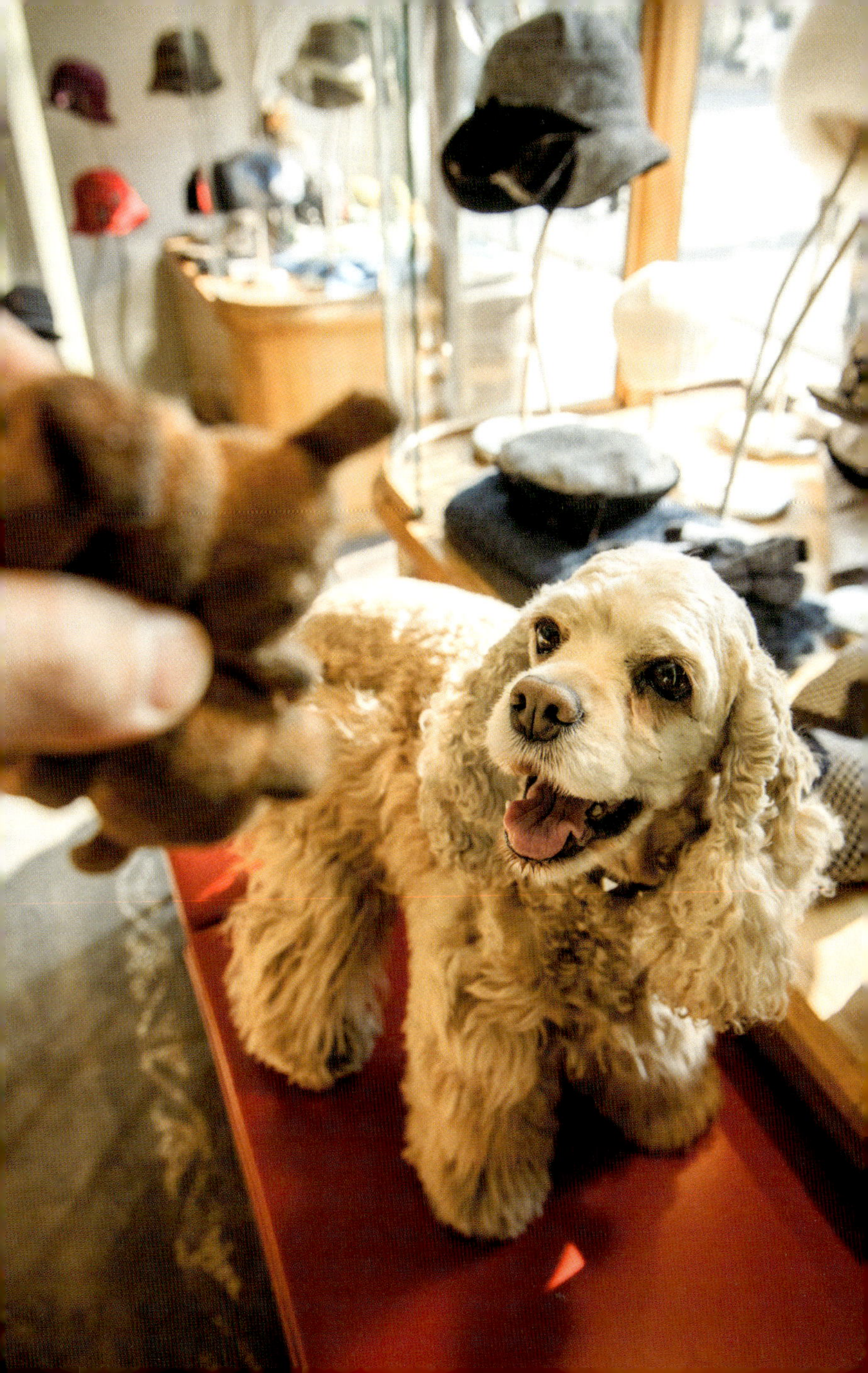

亚麻布料店的
　　　　巡逻犬

7ᵉ arrondissement
7区

Une chienne de garde à la boutique de linge de maison

◉ Sommeil d'Orphée

客人一进门便会从收银台下探出脑袋，抬眼露出"我们有上乘亚麻哦"的视线。

一有动静就会立马窜到门口确认店外的状况。为保障 7 区的安全，这位杰克罗素㹴犬多莉（Dolly）不辞辛劳，扛下所有重担。

上乘的亚麻制品一字排开，我也一直非常想用这样的佳品。再过不久应该就会有狗狗图案了吧？

140

狗狗品种
杰克罗素猎犬
Jack Russell Terrier

名字 **多莉 (Dolly)**

性别 ♀　　年龄 **3 岁**

今天您想买什么样的商品呢?

141

本宝宝必须要守护 7 区的安全。

把双手搭在门框上的姿势已然成为著名景观（？），行人也不时拿出相机对着它拍不停。

多莉与主人苏珊娜（Susanne）形影不离，今后也请你好好巡逻哦。

Sommeil d'Orphée

假小子
斗牛犬
Un garçon manqué

● 战神广场（Champ-de-Mars）

7ᵉ arrondissement
7区

"既 têtue（顽固）又 câline（爱撒娇）"，这便是对法国斗牛犬露伊森的介绍。

在埃菲尔铁塔前的草坪上放肆撒野，向享受日光浴的人们打招呼，追着鸽子到处跑。

貌似它在这个第一次养狗的家庭中是被宠大的。

而让这样的露伊森着迷的物品是香槟瓶塞。

边打滚边抓着瓶塞啃咬一番……

咦，你这眼神不会是喝醉了吧？

就算是对着不会说"你好"的人也会打招呼。即使不戴牵绳也不会迷路,也不会被人指责,这就是巴黎。肯定会有人送你东西的!

狗狗品种
法国斗牛犬
French Bulldog

名字 **露伊森 (Louison)**

性别 ♀   年龄 **8 个月**

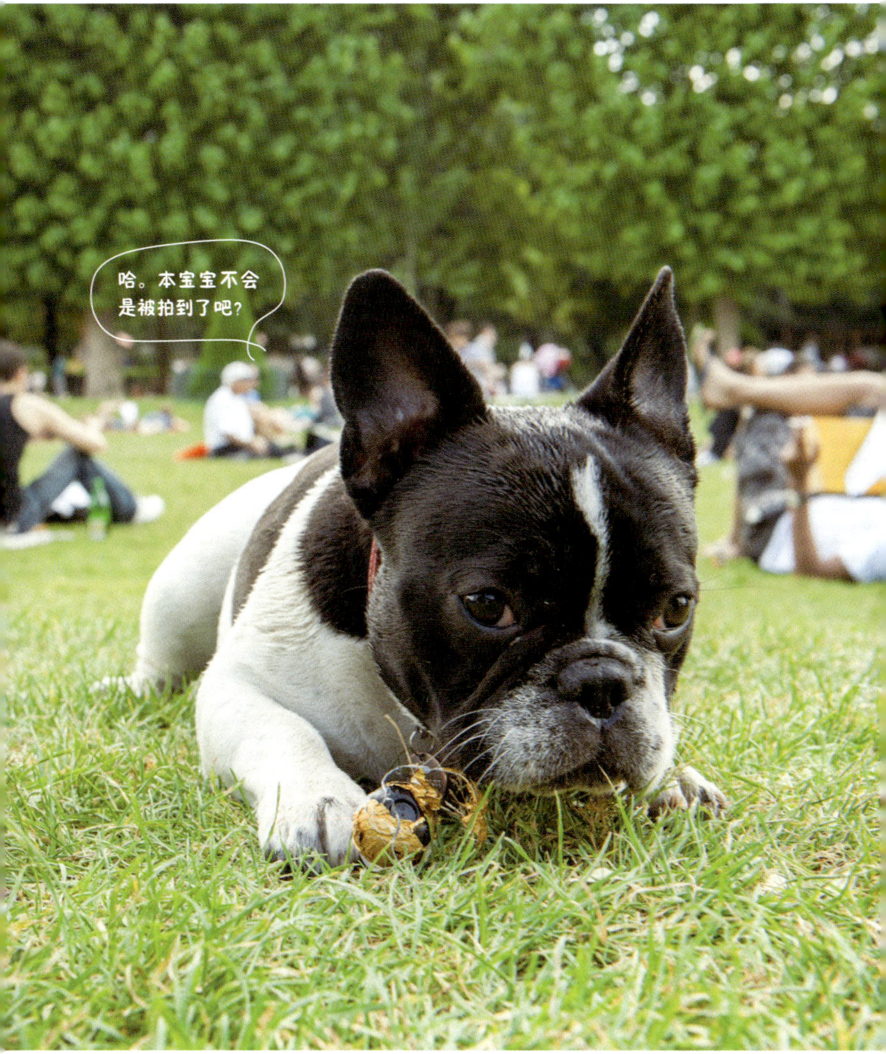
哈。本宝宝不会
是被拍到了吧？

保证不要告诉
别人哦
Ça reste entre nous

7ᵉ arrondissement
7区

◎ 战神广场酒店（Hôtel du Champ de Mars）

住在紫色系酒店里的吉祥物名叫坎内尔（Cannelle），它的特长是坐沙发。女士（Madame）说有东西要给我看，随即拿来了一本书。这是摄影大师艾略特·厄维特（Elliott Erwitt）摄于 1951 年的照片，拍摄的是在街头席地而坐的狗狗。卡内尔你的坐姿也不输它们哦！还有就是你该减肥了。（←啊……）

这是坐落于 7 区幽静区域的小型酒店。室内装潢也是时髦利落的紧凑风格。卡内尔你莫非比客人还抢先一步躺在酒店大堂的沙发上歇着了吗！？

狗狗品种
英国可卡猎犬
English Cocker Spaniel

名字 坎内尔 (Cannelle)

性别 ♀　年龄 保密

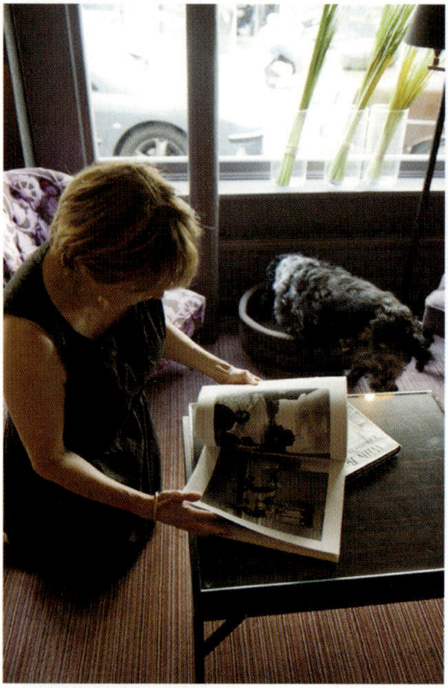

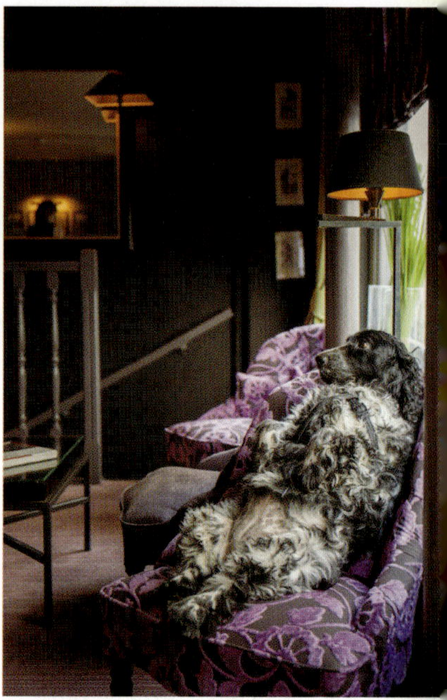

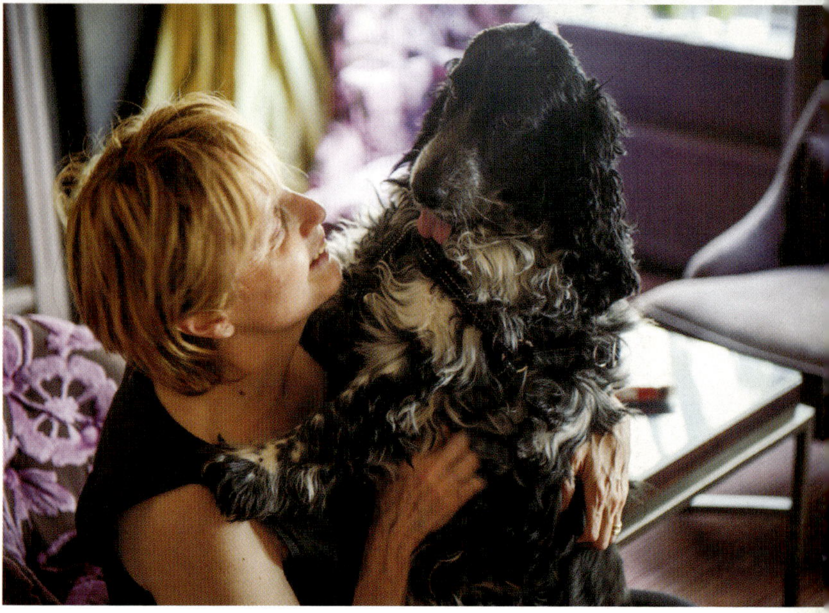

这个姿势如何呢？

胆小的
王室象征
Le symbole royal peureux

7^e arrondissement
7区

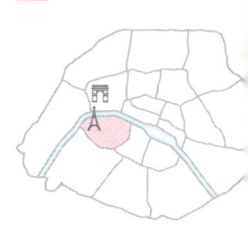

📍 荣军院（Les Invalides）前的草坪

心想着"好怕怕，好怕怕——"而被主人抱在怀里的尼刻（Nike）是在巴黎也非常罕见的意大利灵缇犬。

据主人描述，意大利灵缇犬昔日在法国是"王室、贵族的象征"，因此历史上曾有过诸如禁止饲养该犬种的时期。这么说来，它应该和王公贵族肖像画上的人都很相熟吧。

暮色渲染下的巴黎。其实狗狗能去的公园并不多，荣军院前的草坪可谓是散步的好去处。

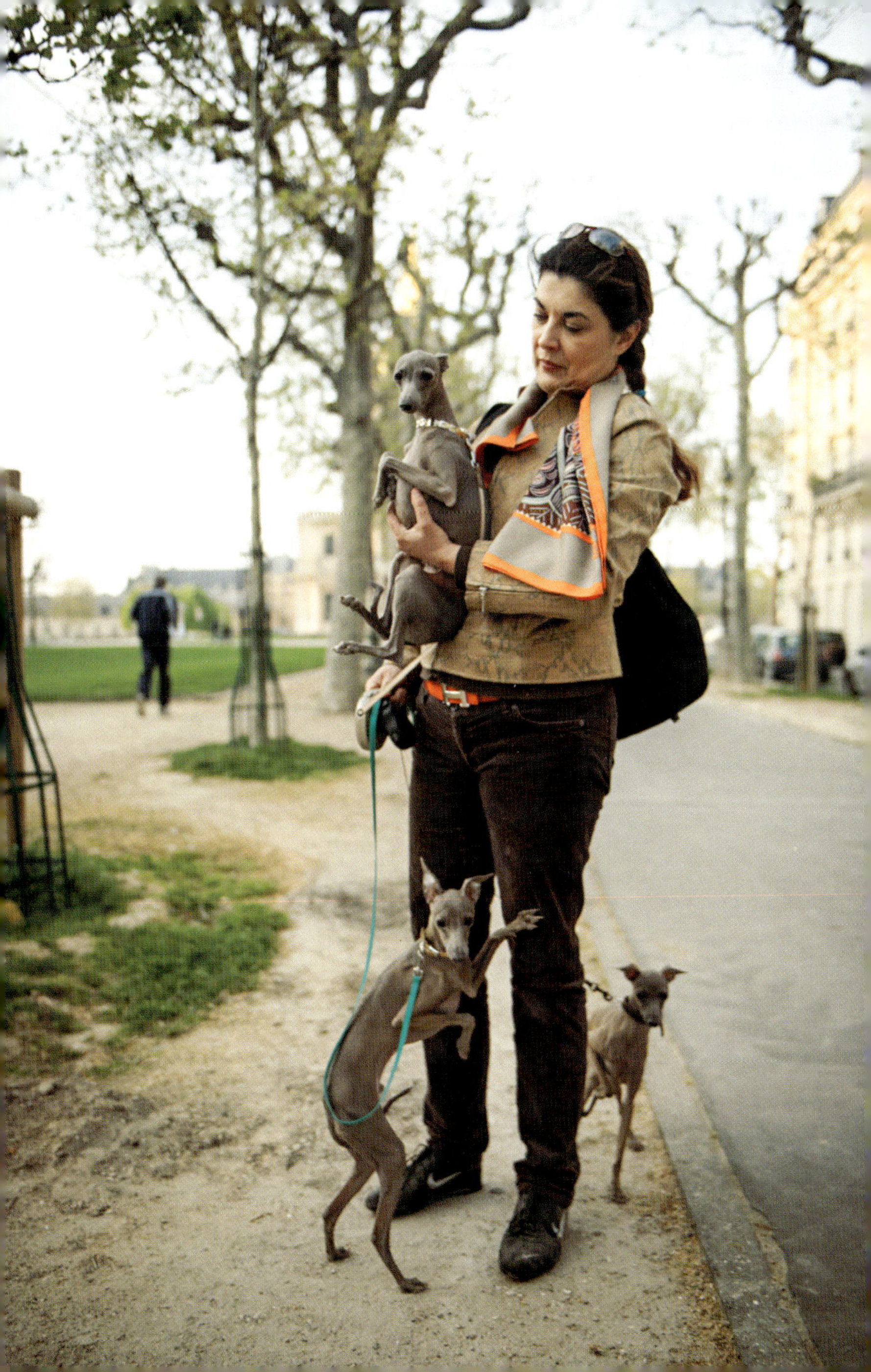

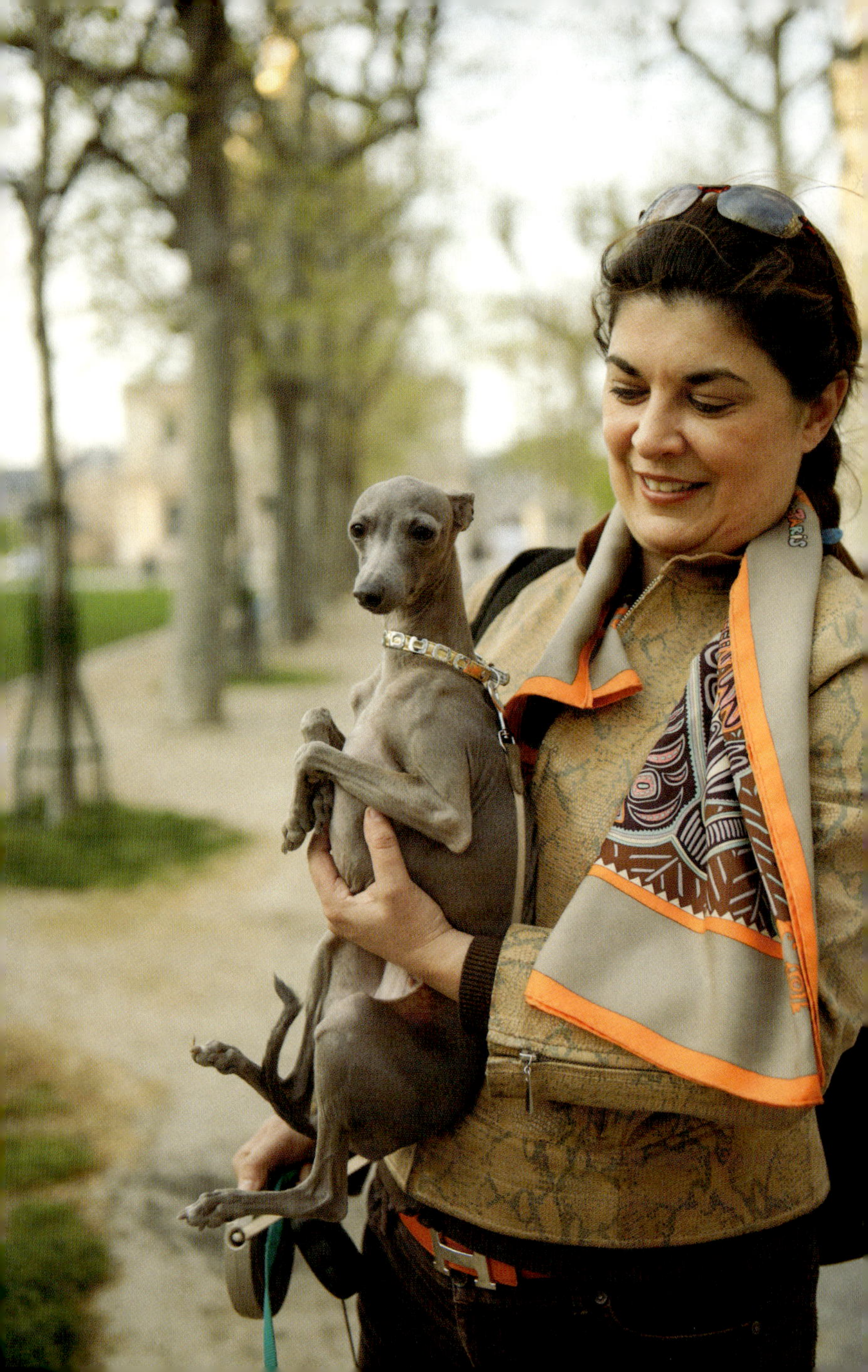

尼刻生性胆小，连面对我家这种最弱黑贵宾（红豆在别的狗狗面前从未示弱过）时都会吓得后退直哆嗦。

没事了，大革命已经结束了哦。（←这都什么年代的事了）

狗狗品种
意大利灵缇犬
Italian Greyhound

名字 尼刻 (Nike)

性别 ♂　年龄 **6 个月**
（被抱起的这只）

我的奖励是法棍

Ma prime, c´est un morceau de baguette

7ᵉ arrondissement
7区

📍 战神广场附近

没有牵绳还能在肉铺前蹲守着,真是很了不起。

在巴黎有不少人遛狗都不牵绳,而且多数狗狗似乎都没经过特别训练。大概它们都是自学成才的吧。

乖乖趴在地上等待的凯撒(César)得到了主人给的法棍作为奖励。

顺带一提,后来它追着路过的美女狗狗一路奔走了大约 50 米……

凯撒,你可要小心别迷路了哦。

巴黎 7 区的高级居民区也是美食专卖店的聚集区域。街角面对埃菲尔铁塔的咖啡馆露台上永远人头攒动。

熊猫,"狗狗巴黎"好吃吗?

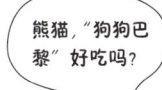

VIANDES DU CHAMP DE MA

157

喂，凯撒！

狗狗品种
不明

名字 **凯撒 (César)**

性别 ♂ 年龄 **2 岁**

嗯？你是在叫我吗？

明天
再开始减肥
Demain, je commence le régime

15ᵉ arrondissement
15区

● 圣夏尔（Saint-Charles）大街肉铺前

在店铺门口等待主人的狗狗背影相当坚毅。

这只灰色狗狗"扑通"地席地而坐。

啊呀，不是"扑通"而坐……

仔细一看，它其实有点肉嘟嘟的，我想改成一屁股"哐当"坐下。

Les boucheries **bernard**

Charcuterie Rotisserie

这位是推测年龄为 12 岁的佐佐（Zozo）。

在被现任主人饲养之前，它是一个放任自我、肉类鱼类来者不拒的狗狗。

佐佐今后要遵医嘱努力减肥了。

你要加油，我也要加油。不过明天再开始吧。

> 我不是胖。
> 是肉嘟嘟的。

狗狗品种
贵宾犬
Poodle
名字 佐佐 (Zozo)
性别 ♀ 年龄 **12** 岁(推测)

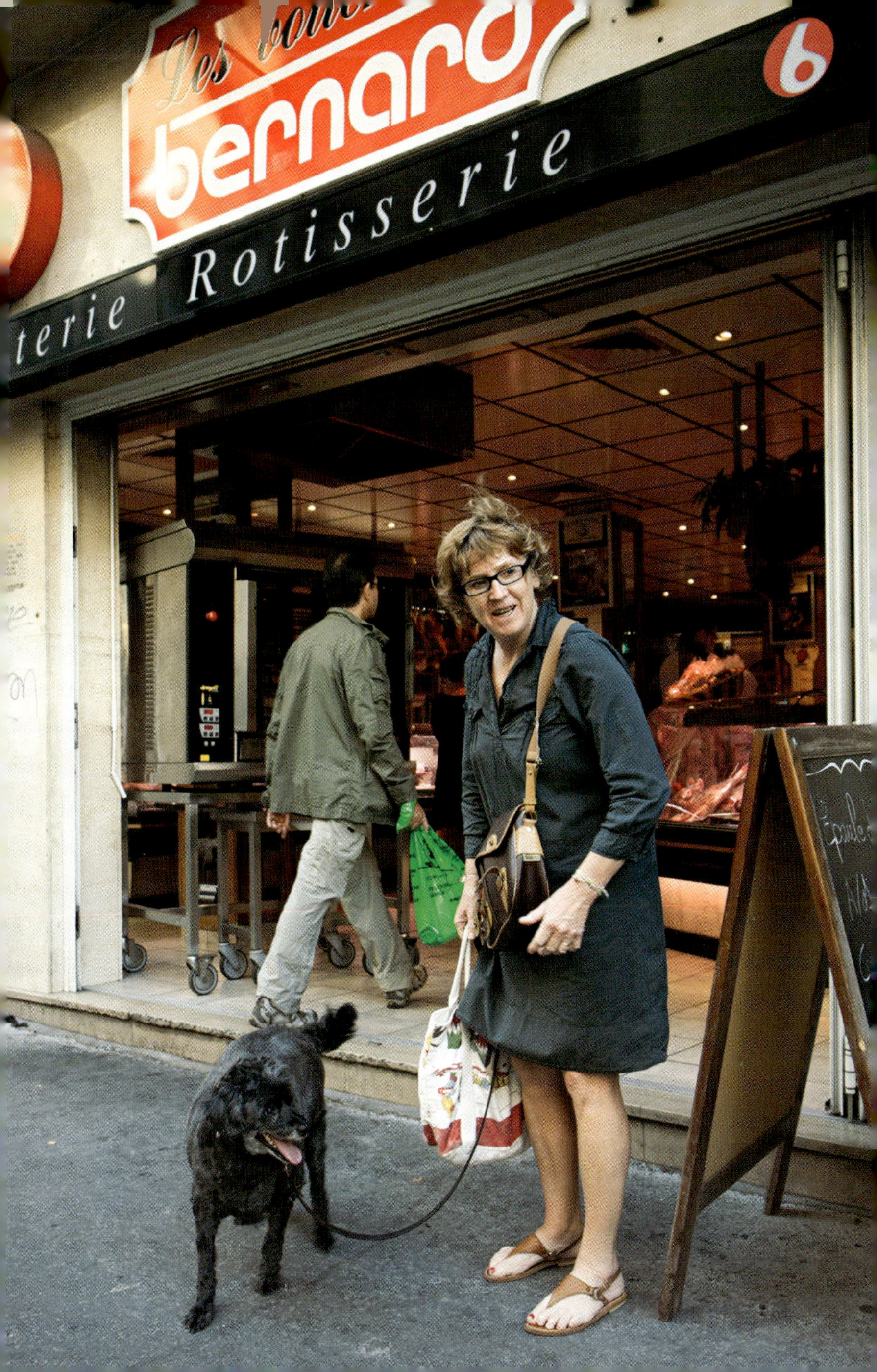
Les
bernard
Rotisserie

兽医处的偶遇

Le hasard des rencontres chez le vétérinaire

15ᵉ arrondissement
15 区

◉ 动物医院

动物医院是邂逅之地。

带红豆去医院做检查时偶遇了这只两个月大的博美，看着完全就像一只毛茸茸的玩偶。

这位是对红绳饶有兴味的 Hermès。

哟呵，回家吧——！

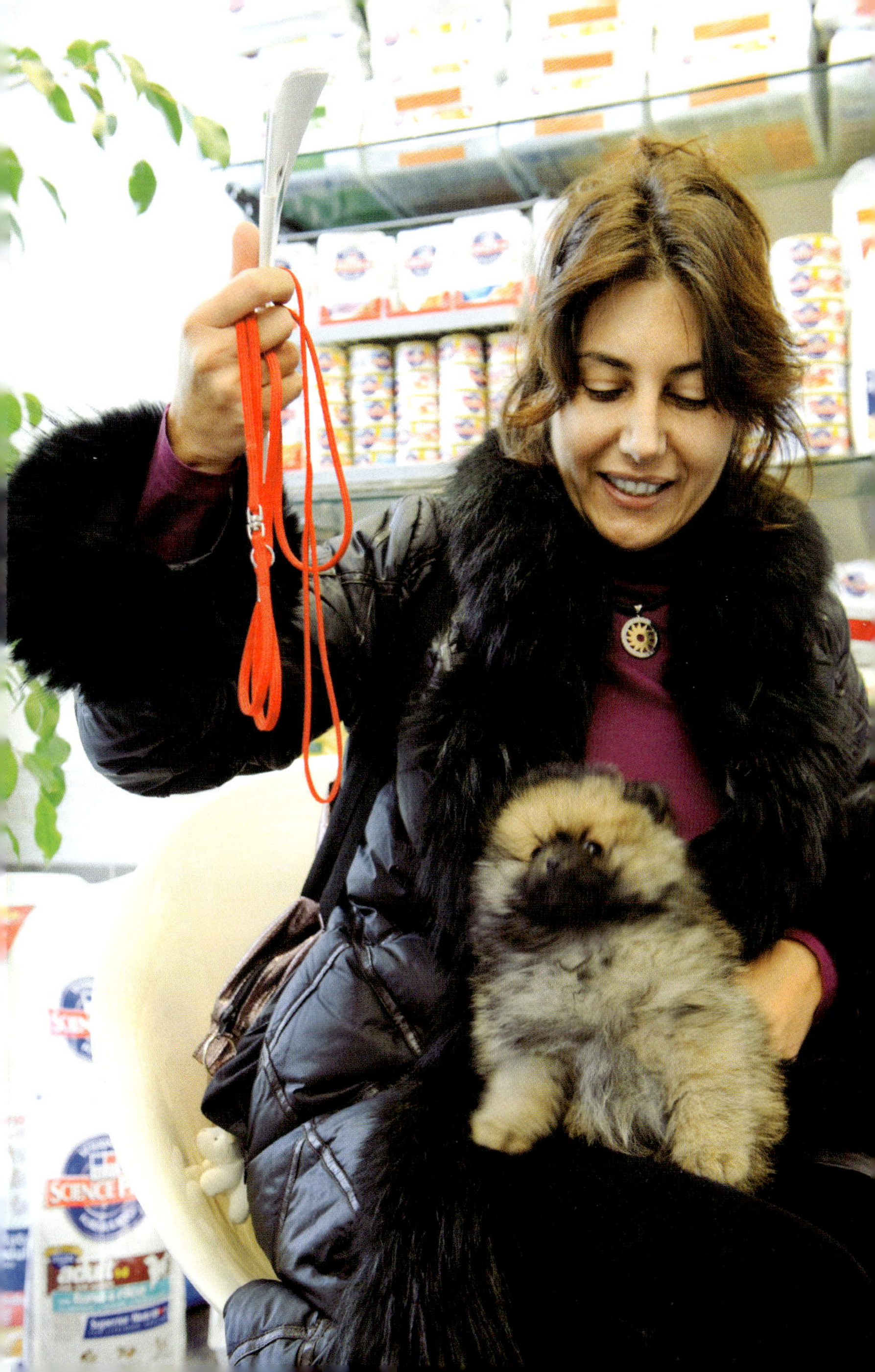

在这里,狗狗名字的首字母按照出生年份顺序决定好后,从饲养员处领来时起的名字便是狗狗的全名了。

虽然无从得知 Hermès 的意思究竟是大牌爱马仕,还是希腊神话中的赫耳墨斯,但无论如何,你有这么体面的名字真是很棒。虽然你的外形像个狸。(←喂)

"乖,不要碰我家的狗狗哦!"这位戒备森严的夫人对红豆说道。真是遗憾,看来对方无法和我家的黑狗牵"红线"啊。

狗狗品种
博美犬
Pomeranian

名字 Hermès
性别 ♀ 年龄 **2个月**

拼桌席间的
金发美女

Ma voisine de table était une belle blonde

15ᵉ arrondissement
15区

📍 La Cave de L'Os à Moelle

这家自助式的葡萄酒餐馆今晚也是热闹非凡。这里既可以站着独自饮馔，也能在大桌上和陌生人大快朵颐。

我们拼桌席上的邻座是一位金发美女，它名叫普西卡（Psika），是一只约克夏。面对满桌目不暇接的美食，普西卡边嘟囔着"快给我拿点吃的"，边对着桌子暴跳如雷。普西卡的胡闹随着主人将它用餐巾包裹住后戛然而止。

普西卡这个名字貌似取自俄国作家普希金作品中的登场人物,是书中一个假小子的绰号。普西卡到哪儿都要和主人在一起。

普西卡小姐（Mademoiselle），一会儿我会偷偷地给你吃花菜哦（小声）。

也给我吃点饭呀——

狗狗品种
约克夏㹴犬
Yorkshire Terrier

名字 **普西卡 (Psika)**

性别 ♀　　年龄 **7** 岁

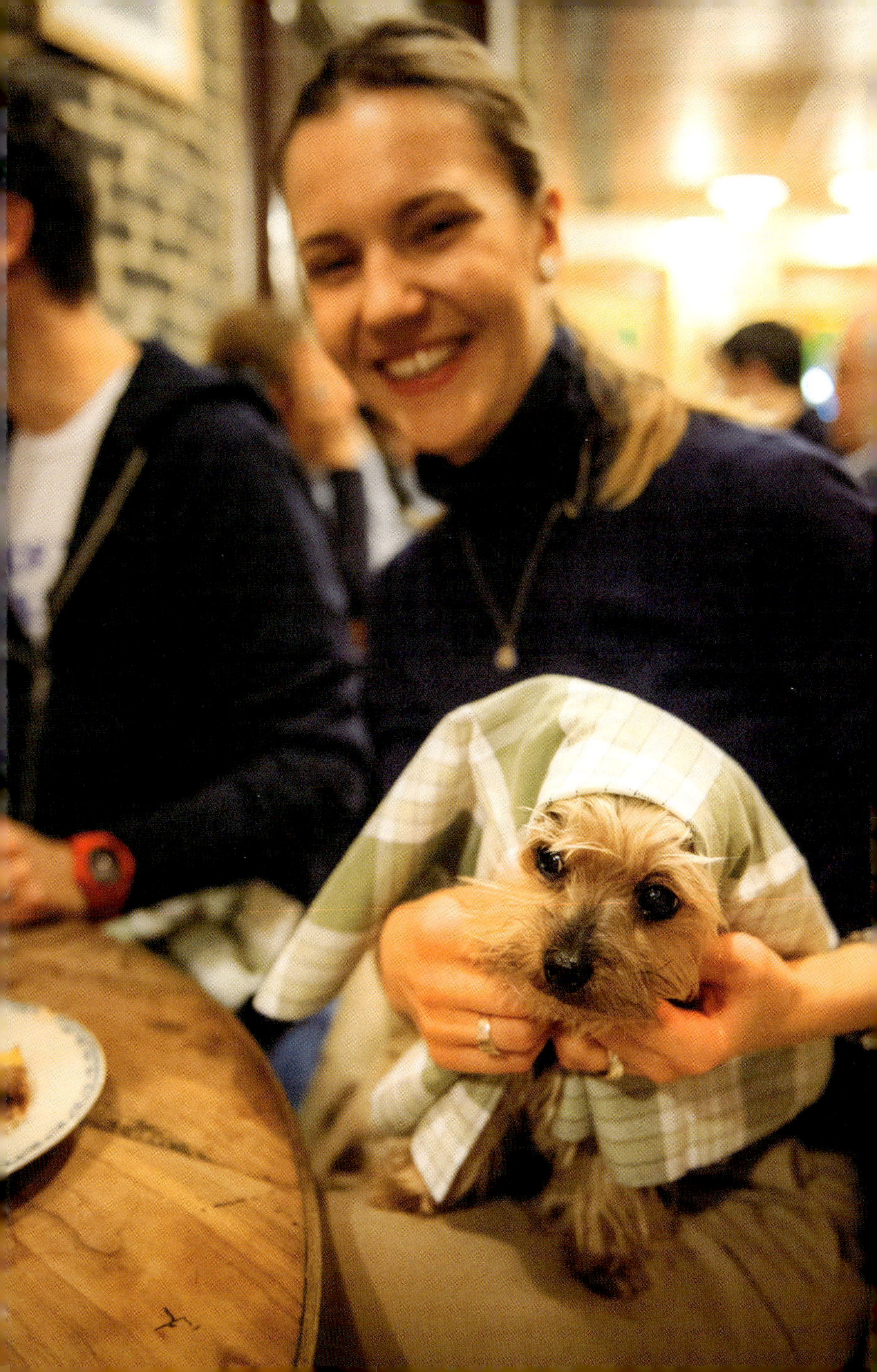

巴黎狗狗日记 LE JOURNAL DE CHIEN À PARIS

COLUMN 2

Un beau jour d'Aduki
黑狗狗红豆的一天

夏日度假无处不携犬

① 前往法国南部普罗旺斯的小村庄。
② 旅途中也会有偶遇。
③ 红豆连酒店的早餐都和我一起享用。

海滩边嬉戏，峡谷中漂流
Jouer à la plage, descendre la rivière dans la vallée

在法国，即便要出门旅游，也不需要将宠物寄养在别处。机舱内自不用说，轮船、观光船内基本也都可以带狗。多数的酒店和民宿也能带狗入住。供狗狗使用的床、毛巾、按日供给的餐食、盛水盆、擦脚垫等一应俱全。我的行李箱大概有一半都被这只黑狗红豆的用品给占了吧？在旅途中我们散步的节奏也和往常一样悠闲自得。

④ 欧洲幽深的凡尔登（Verdon）大峡谷。
⑤ 乘坐观光船顺流而下。
⑥ 眺望有别于巴黎的日落景致
⑦ 环绕在橄榄树中的法国南部
⑧ "恕我直言，大海太美了！"

从花田到陶器小镇
Du champ de fleurs à la ville de la poterie

带着狗狗旅行并未让我感到有什么特别不便之处。租车时带着狗也没什么问题。我曾有一次带着红豆在夏天的墨西哥热到无法出门,不过 6 月的法国南部却舒适宜人。我用可折叠的儿童帐篷代替床铺,给红豆营造了专属空间。铺上带来的毛巾,红豆立刻爱不释手。现在它已经俨然成为一只习惯旅行的黑色贵宾犬。

① 这里的蓝天与巴黎相比色彩更为厚重。
② 露台上的午餐时间。
③ 随处映入眼帘的虞美人花海。

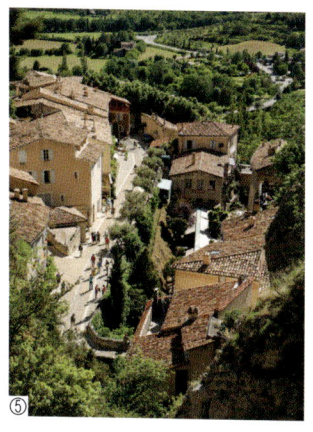

总之睡着舒服就——行了！

④ 红豆直起身子眺望窗外风景。
⑤ 极具法国南部特色的穆思捷（Moustiers）街道。
⑥ 用可随身携带的儿童帐篷当床铺。
⑦ 不牵狗绳也无需担心的笔直大道。
⑧ 总是积极面对旅途中的邂逅！

图书在版编目（CIP）数据

狗狗巴黎 /（日）吉田熊猫著；英尔岛译 —上海：上海三联书店，2022.3

ISBN 978-7-5426-7300-8

Ⅰ.①狗… Ⅱ.①吉… ②英… Ⅲ.①随笔－作品集－日本－现代 Ⅳ.① I313.65

中国版本图书馆 CIP 数据核字（2020）第 263373 号

著作权合同登记图字：09-2019-104 号

狗狗巴黎

著　　者　[日] 吉田熊猫
译　　者　英尔岛
责任编辑　郑秀艳
装帧设计　0214_Studio
监　　制　姚　军
校　　对　王凌霄

出版发行　*上海三联书店*
　　　　　（200030）中国上海市漕溪北路 331 号 A 座 6 楼
邮购电话　021-22895540
印　　刷　上海南朝印刷有限公司

版　　次　2022 年 3 月第 1 版
印　　次　2022 年 3 月第 1 次印刷
开　　本　787mm×1092mm　1/32
字　　数　50 千字
印　　张　5.5
书　　号　ISBN 978-7-5426-7300-8/I·1681
定　　价　58.00 元

敬启读者，如发现本书有印装质量问题，请与印刷厂联系 021-62213990